Tödliche Ruhr

Ralf Weißkamp

Ralf Weißkamp

Tödliche Ruhr

Bibliografische Information der Deutschen
Nationalbibliothek:
Die Deutsche Nationalbibliothek verzeichnet diese
Publikation in der Deutschen Nationalbibliografie; detaillierte
bibliografische Daten sind im Internet über
http://dnb.dnb.de abrufbar.

Herstellung und Verlag: BoD – Books on Demand,
Norderstedt

ISBN: 978-3-7534-1996-1

Für Gerda, meine verstorbene Mutter

1

Wilfried Thomzyk bewegte sich mühsam die Rampe hoch und achtete darauf, auf dem feuchten Beton nicht auszurutschen.

»Dieses verdammte Rheuma«, fluchte er und hielt sich die Hüfte. Die Krankheit machte es immer schwerer, seinen Hof zu bewirtschaften. Seine Frau war ihm keine große Hilfe, ihr ging es kaum besser. Sie guckte den »Tatort«, das flackernde Licht des Fernsehers reichte bis auf den Hof. Ächzend erreichte er die Wand des Güllesilos. Wann hatte er es zum letzten Mal geschafft, die wenigen Sprossen bis zum Rand hinaufzusteigen und einen Blick reinzuwerfen? Seufzend nahm er den Teleskopstiel aus der Tasche und befestigte den Spiegel daran.

»Man muss sich nur zu helfen wissen«, lächelte er und reckte Stiel und Spiegel in die Luft. Im Licht der Dämmerung konnte er so eben noch erkennen, wie hoch das Silo bereits gefüllt war. »Muss bald was passieren«, nuschelte er. Dann spürte er, wie ihn jemand von hinten packte, an den Ärmeln, an der Jacke, links und rechts.

»He, was soll das, wer sind Sie?«, rief er, doch die Männer antworteten nicht. Schweigend schoben sie Wilfried Thomzyk die Rampe hoch zur Leiter. Er hörte sie schnaufen, als er sich wehrte, gegen den Druck stemmte, versuchte, die Schmerzen zu ignorieren und mit seinen Gummistiefeln Halt zu finden. Doch sie schoben ihn brutal weiter nach vorn.

»Was soll der Mist, hört auf damit, ich hab doch nichts!«, schrie er. Aber die Männer hatten die Leiter erreicht und rissen ihn hoch. Links und rechts stiegen sie die Sprossen hin- auf und zerrten ihn mit. Stöhnend versuchte er, sich an die Leiter zu klammern, Halt zu finden. Aber die Männer zogen ihn weiter die Leiter empor, Sprosse für Sprosse. Dann legten sie ihn oben auf den Rand. Wilfried Thomzyk spürte, die das Aluminium ihm in den Bauch drückte. Er versuchte zu schreien, aber er hatte keine Luft. Sein brauner Cordhut klatschte auf die flüssige Gülle. Er hörte noch, wie einer der Männer »Fette Sau!« fluchte, dann rissen sie noch einmal an ihm, die letzten, die entscheidenden Zentimeter. Willi Thomzyk begrub seinen Cordhut unter sich, als er in die stinkende Flüssigkeit eintauchte. Sie schlug über ihm zusammen, lief in seine Stiefel, seine Jacke. Er konnte nichts mehr sehen, nicht mehr atmen. Voller Panik ruderte er mit den Armen, aber es nutzte nichts. Hilflos, panisch nach Luft schnappend und Gülle saufend, sank Willi Thomzyk auf den Boden seines Silos.

2

»Guten Tag, Detektei Flöz Vier, Robert Werner am Apparat, wie kann ich Ihnen helfen?«
»Kennen Sie sich mit Wasser aus? Oder mit Chemie?«

Wasser ..., schoss es ihm durch den Kopf. Was fiel ihm zu Wasser ein? Waschen, mehr nicht. Schwimmen konnte er zwar, war aber seit Jahren in keinem Becken mehr gewesen. Wasser trinken? Nein, dafür gab es Besseres.

»Es kommt darauf an, was Sie darüber wissen wollen. Unsere Stärke ist die Recherche, egal zu welchem Thema. Mit wem habe ich es denn bitte zu tun?«

»Oder mit Mord? Haben Sie Erfahrung mit Morden?«

Robert Werner straffte sich, sein Blutdruck ging hoch und seine Gedanken kreisten eine Spur schneller. »Mit Morden? Selbstverständlich kenne ich mich mit Morden aus. Allein in unseren letzten beiden Fällen sind so viele Leute ums Leben gekommen ... Das reicht für ...«

»Gut, dann komme ich gleich bei Ihnen vorbei.«

Das Knacken in der Leitung war ein untrügliches Anzeichen dafür, dass sein Gesprächspartner das Telefonat beendet hatte. *Merkwürdiger Vogel*, dachte er. *Was wollte der von mir?* Wasser, Chemie, Morde – was sollte das? Egal, er würde es gleich erfahren. Und es roch nach einem interessanten Fall. Und nach Geld. Sein gequältes Konto lechzte danach. Der Fall vor einigen Wochen hatte ihnen nicht viel eingebracht. Sah man mal vom Ärger mit der Polizei ab. Die stumpfsinnigen Beobachtungen im Kaufhaus reichten gerade für die Miete und die Krankenkasse. Wenn Sylvia ihn nicht unterstützen würde, gäbe es die Detektei nicht mehr.

Gut zwanzig Minuten später stand der mögliche neue Klient vor der Tür. Etwas kleiner als er, gedrungene Figur, ein Gesicht, dem man ansah, dass es viel an der frischen Luft war, wulstige Lippen, nur noch wenige kurze graue Haare, aber sehr wache Augen, die ihn taxierten. Robert kam es vor, als würde er gescannt. Dann hob der Mann langsam seine rechte Hand und reichte sie ihm, so, als wäre er mit dem Ergebnis seiner Begutachtung zufrieden.

»Meier, Thomas Meier.«

»Werner. Bitte, kommen Sie herein.« Robert machte den Weg zu seinem kleinen Büro frei, das er sich an der

Bergmannstraße in Gelsenkirchen-Ückendorf angemietet hatte. »Sie sprachen vorhin von Wasser, Chemie und Mord, Herr Meier. Was meinten Sie damit?« Er nahm hinter seinem Schreibtisch Platz und beobachtete, wie der Mann vor ihm sich in den Besucherstuhl quetschte.

»Ich meinte genau das, was ich sagte.«

»Nun, geht es vielleicht etwas konkreter?« Robert gab sich keine Mühe, seine aufkommende Ungeduld zu verbergen.

»Vor wenigen Jahren wurde ich zu Unrecht beschuldigt, verseuchtes Abwasser in die Ruhr geleitet zu haben, ich und noch andere Landwirte. Jetzt, nach einem endgültigen Ur- teil, soll ich Schadenersatz zahlen. Aber das werde ich nicht, verdammt noch mal, keinen Cent kriegen die Schweine!«

»Bislang können wir die Begriffe Wasser und Chemie abhaken. Aber wo bleibt der Mord?«

Der Besucher straffte sich und holte tief Luft. »Zwei meiner Kollegen sind in den letzten Monaten ums Leben gekommen, angeblich Unfälle. Aber das kann nicht sein. Der eine ist in einem Güllebecken ertrunken, dabei hatte der so schlimmes Rheuma, der wäre alleine nie bis zum Rand des Beckens gekommen. Das liegt etwas höher. Der andere soll betrunken sein Auto vor einen Baum gesetzt haben, dabei habe ich den noch nie etwas trinken sehen. Und der Baum ist weit und breit der einzige.«

Was nichts heißen muss, dachte Robert, *viele Leute saufen heimlich*. »Was möchten Sie konkret von mir? Was kann ich für Sie tun?«

»Na, ermitteln, verdammt. Die Polizei macht nichts weiter, für die sind die Fälle abgehakt. Aber ich habe keine Lust, der nächste zu sein, der ins Gras beißt, verstehen Sie das?«

Den leicht sarkastischen Unterton schenkte sich Robert. »Wen vermuten Sie hinter diesen beiden Todesfällen? Wer könnte einen Vorteil daraus ziehen?«

»Ist doch klar! Diejenigen, die tatsächlich diesen ganzen Mist in die Ruhr geleitet haben. Die wollen nicht, dass wir die ganze Geschichte wieder aufrollen. Da, habe ich Ihnen mitgebracht«, schloss er und ließ eine dünne Mappe, die er aus seiner Jacke zog, auf Roberts Schreibtisch fallen. »Mein Vorschlag: Sie lesen sich das alles durch, entscheiden dann, ob Sie den Fall übernehmen, und machen mir dann ein Angebot. Aber nicht zu hoch, das Honorar, sonst suche ich mir einen anderen.«

Robert nickte. Selbstverständlich würde er den Auftrag übernehmen. Er entschied nicht nach Aktenlage, sondern nach Kontostand.

»Machen wir so«, bestätigte er, als sein Gegenüber aufstand. »Sie hören spätestens morgen von mir.« Dann brachte er seinen Gast zur Tür, stellte die Kaffeemaschine an und schnappte sich die Akte.

»Bis gleich, Schatz, in einer Stunde bin ich bei dir.« Robert drückte die rote Taste auf seinem Handy, steckte es in die Tasche und schnappte sich Jacke und Autoschlüssel. Als er seine Wohnung abschloss, begegnete er in dem kleinen Flur, der zum Hof des Hauses führte, dem jungen Nachbarn. Der war erst vor wenigen Wochen mit seiner Freundin und dem kleinen Baby hier eingezogen, nachdem die Vormieter, zwei sehr alte Leute, kurz nacheinander verstorben waren.

»Wegen neulich, tut mir leid, kommt nicht wieder vor«, versprach der korpulente und stets gut gelaunte Mann im Vorbeigehen.

Robert schätzte ihn auf Anfang zwanzig, seine Freundin noch etwas jünger. Er hatte seinen Nachbarn angezählt, weil er sich bei dem Versuch, die Mülltonne vom Hof zu bringen, fast einen Hexenschuss geholt hatte. Später hatte sich herausgestellt, dass der Nachbar das Getriebe seines alten BMWs darin entsorgt hatte.

»Schon in Ordnung«, nuschelte Robert und machte, dass er an ihm vorbeikam. Er schloss seinen alten Golf auf, der überraschend vor wenigen Tagen doch noch einmal die TÜV-Plakette bekommen hatte. Dann ließ er sich in den Sitz fallen und atmete hörbar aus. Die Akte, die der Mann ihm dagelassen hatte, war hochinteressant, aber nicht leicht zu verdauen. Doch jetzt freute er sich auf Sylvia, seine Geliebte und Freundin. Und auch seine Chefin. Sie hatte die Gründung der Detektei angeregt und ihm die erste Zeit ein Gehalt gezahlt. Das war jetzt nicht mehr nötig, trotzdem fand er auf seinem Konto noch Geldeingänge von ihr. Ihr Geschäft »Bäderwelten Behnke« lief gut. Sie hatte es gemein- sam mit ihrem verstorbenen Mann aufgebaut. Im Zuge der Ermittlungen um seinen Tod hatte er sie kennengelernt, einige Zeit später waren sie ein Paar geworden.

Robert freute sich auf die Fahrt nach Iserlohn, der Winter hatte sich verabschiedet und das erste Grün spross aus den Büschen und Bäumen. Die Luft war mild, obwohl es bereits dämmerte. Er drehte sich vier Zigaretten für die Fahrt, dieses Laster hatte er sich noch nicht abgewöhnen können. In Sylvias Haus rauchte er nicht, sie vertrug den Rauch nicht, also ließ er es. Lediglich am offenen Schlafzimmerfenster, wenn sie sich geliebt hatten, steckte er sich eine an. Er startete den Motor und fuhr durch Ückendorf und Wattenscheid zur A40. Staus waren keine gemeldet und so bog er nach kurzer Zeit in Bochum auf die Autobahn ab. Die Strecke kannte er mittlerweile im Schlaf, er genoss die Vorfreude auf Sylvia.

Als er in Schwerte von der A45 abbog und die letzten Kilometer über die Landstraße fuhr, verabschiedete sich die Sonne endgültig hinter den Hügeln des Sauerlandes und tauchte die Felder und Wälder in ein letztes warmes Licht. Robert liebte diesen Anblick. Iserlohn war ihm vertraut geworden. Obwohl Ruhri durch und durch, fühlte er sich hier sehr wohl. Nicht nur wegen Sylvia.

Sie erwartete ihn schon, gab ihm an der Haustür einen Kuss und zog ihn in den Flur. »Du hast es aber eilig, hast du mich so vermisst?«, lächelte er und zog sie an sich. Liebevoll betrachtete er ihre langen braunen Haare, die auf ihre schlanken Schultern fielen, und ihre ebenfalls braunen Augen, die makellose Nase und die Grübchen an ihren Mundwinkeln, die er so liebte.

»Dich und den leckeren Braten, der gerade eben fertig geworden ist. Los, ab in die Küche, alter Lüstling.« Der verführerische Augenaufschlag gab ihm das sichere Gefühl, heute Abend mit ihr nicht nur über den neuen Fall zu sprechen.

Robert steckte sich die Zigarette an und lehnte sich weit aus dem offenen Schlafzimmerfenster. Er staunte immer wieder darüber, dass die Nächte hier so viel kälter als in Gelsenkirchen waren. Er fröstelte, aber es war nicht unangenehm nach der Wärme und Hitze, die sie vorhin gespürt hatten.

»Woran denkst du?« Ihre Frage klang, als ob sie den Kampf mit dem Schlaf schon bald verlieren wollte.

»An dich. Und daran, wie sehr ich dich liebe, mein Schatz.«

»Lügner.«

Robert lächelte. Sie konnte in ihn hineinsehen und wusste, dass seine Gedanken jetzt bei dem neuen Fall waren. »Nein, wirklich. Morgen, beim Kaffee, bevor ich zurück nach Gelsenkirchen fahre, erzähle ich dir mehr davon.« Er schnippte die Kippe in den Garten, schloss das Fenster und kroch unter die warme Bettdecke.

»Du stinkst nach Rauch«, hörte er sie noch verschlafen murmeln.

Er liebte sie.

»Das ist wirklich ungeheuerlich. Ich dachte, unser Trinkwasser würde strengstens überwacht und nach dem neuesten Stand der Technik gereinigt. Und dann so etwas.« Schockiert legte Sylvia die Zusammenfassung der Akte, die Robert gestern noch geschrieben hatte, neben die Tasse mit dem dampfenden Kaffee. »Das heißt, dass für die meisten Menschen im Ruhrgebiet das Wasser nicht so gereinigt wird, wie es möglich wäre und auch sein müsste?«, fragte sie ihn fassungslos.

»Sieht so aus. Das Wasser wird nur von den optischen Verunreinigungen befreit. Kacke und Konsorten haben keine Chance, der Rest, die ganze Chemie, darf ungehindert passieren. So steht es zumindest in diesem Bericht.« Wie zur Bekräftigung tippte er mit dem

Zeigefinger auf das oberste Blatt. »Für den Bau und Betrieb der Kläranlagen im Bereich der Ruhr ist seit vielen Jahrzehnten der ›Ruhr Verein‹ zuständig. Und dessen kommunale Anlagen können die Abwässer von Industrieunternehmen nicht reinigen.«

»Das heißt, dass ...«

»... dass industrielle Schadstoffe locker und fröhlich die mehr als achtzig Kläranlagen passieren und in die Ruhr gelangen. Darunter auch das hochgiftige und krebserregende PFT. Und andere Stoffe wie Röntgenkontrastmittel, Antibiotika, Phosphorsäure, Diclofenac und Benzotriazol. Aber vor allem PFT, die perfluorierten Tenside, um die es hier geht.« Robert wunderte sich, wie flüssig er diese Worte, die er gestern noch gar nicht gekannt hatte, aussprechen konnte.

»Aber technisch wäre es möglich, wenn ich das richtig verstanden habe?«

»Ja, die Stadt Mülheim beispielsweise zeigt es. Deren Versorger knackt in der ersten Stufe mit Ozionisierung alle chemischen, im Rohwasser enthaltenen Verbindungen und in der zweiten Stufe deren Fragmente über sogenannte Festbett-Aktivkohlefilter. Es gibt noch andere Verfahren, aber die sind auch besser als das des größten Versorgers, der ›Felsenwasser-AG‹.«

»Wegen der Einleitung dieser PFT wurde dein Klient also angeklagt«, fragte Sylvia zur Klarstellung.

»Ja, er und noch viele andere. Sie hatten nichts anderes gemacht, als sogenannten biologischen Dünger auf ihren Feldern auszubringen.«

»Biologischen Dünger? Mit PFT?« Sylvia war

aufgebracht. »So dumm konnten die doch gar nicht sein!«

Robert lehnte sich zurück und spielte mit seiner Zigarette, die er sich vor einigen Minuten gedreht hatte.

»Diesen angeblich biologischen Dünger haben sie von der FV-Umwelt bekommen, einer Gesellschaft, die Dünger mit PFT-haltigem Sondermüll aus Holland und Belgien vermischt haben soll. Der wurde dann von hunderten von Landwirten auf den Feldern ausgebracht. Die hatten doch keine Ahnung, was da alles drin war. Aber das eigentlich perfide an dem Prozess war, dass ...«

»... diese Landwirte überhaupt nicht diejenigen waren, die die Hauptverursacher der PFT-Vergiftung waren. Das sind, wenn ich es richtig verstanden habe, etliche Dutzend Betriebe der Galvanik und der metallverarbeitenden Industrie. Die pumpen die Abwässer in die Ruhr.«

Robert nickte. »Und die Kläranlagen des Ruhr Vereins können den Dreck nicht herausfiltern. Oder wollen es nicht, weil es zu teuer wäre.«

»Also ist es wie so oft«, schloss Sylvia resignierend die Augen. »Die Kleinen fängt man, die Großen lässt man laufen.«

»Auf den Gedanken könnte man kommen«, nickte Robert und schaute auf die Uhr. Zeit, nach Gelsenkirchen zu fahren. Ein spannender Fall wartete.

»Wirst du den Auftrag übernehmen?«Er nickte stumm. »Das dachte ich mir, und es wird gut für dich sein«, sagte sie ernst und nahm seine Hände. »Das sieht nach einem Fall aus, der dich wirklich fordert. Und wenn du deshalb nicht mehr so oft nach Iserlohn kommen kannst, komme ich häufiger zu dir.«

Robert dachte mit Schrecken an den Zustand seiner Wohnung im Flöz Sonnenschein.
»Keine Angst, ich melde mich rechtzeitig an«, lächelte sie.

Wieder zuhause in Gelsenkirchen, rief er seine Freunde Manni und Jan an. Die beiden gehörten zum Team und hatten alle bisherigen Fälle mit ihm gelöst. Manche sogar unter Einsatz ihres Lebens. Der letzte hatte in Iserlohn auf einer Autobahnbrücke geendet, mit einem irren religiösen Fanatiker, einem durchgeknallten Metzger, der entführten Inhaberin des Esoterik-Institutes »WISENT« und einem SEK.

Sie verabredeten sich für zwanzig Uhr in ihrer Stammkneipe in der Altstadt. Jan, Besitzer der Schwulenkneipe »Achter Deck«, hatte heute seinen freien Tag und freute sich auf das Treffen mit seinen Freunden. Manni, der Taxifahrer und alte Studienkumpel, fuhr diese Woche tagsüber. Robert wusste, wie der Abend enden würde, und nahm sich deshalb für den nächsten Vormittag nichts vor.

»Inge, noch zwei Halbe und ein Wasser.« Routiniert streckte Manni drei Finger in die Höhe und erntete ein bestätigendes Nicken von der dicken Wirtin. Dann seufzte er, schnappte sich Stift und Block mit der Bemerkung: »Okay, ich mache heute Protokoll.«

Jan nickte, nachdem diese lästige und zeitraubende Kleinigkeit geklärt war. »Prima, ging ja problemlos heute Abend. Also steht der nächste Fall der Detektei Flöz Vier auf dem Plan. Ein dicker Bauer, der Angst hat, ermordet zu werden, weil er vergiftete Gülle auf seinen Feldern ausgebracht und somit zur Verunreinigung der Ruhr beigetragen hat«, fasste er zusammen.

»Noch 'n Grund mehr, kein Wasser zu trinken«, murmelte Manni und hob den halben Liter zum Mund.

»Und womit ist das Zeug gebraut, das deinen Bauch mehr und mehr anwachsen lässt?«, fragte Jan mit einem süffisant-verächtlichen Blick auf den Körperumfang seines Kompagnons.

»Sauerländer Wasser, die haben sowatt nich«, entschied Manni nach einem großen Schluck aus seinem Glas.

»Irrtum, Kollege«, mischte sich Robert ein. »Von der mit PFT-Dünger vergifteten Fläche rund um Brilon, für die andere Bauern verantwortlich sind, die von FV-Umwelt beliefert wurden, flossen tatsächlich nur etwa zwanzig Gramm PFT täglich in die Ruhr. Ohne, dass sie es wussten. Im weiteren Verlauf des Flusses sind es zwischen zweihundertfünfzig und dreihundert Gramm pro Tag!«

»Also ist Sauerländer Bier gesünder als die Plörre, die ab Dortmund verzapft wird.«

»Hast gewonnen.« Resigniert gab Robert der Simpel-Logik seines Kumpels recht. »Aber ihr habt verstanden, worum es geht?«

»Sind ja nicht blöd«, knurrte Jan und streckte seinen muskulösen Oberkörper. Robert sah auf die lockigen blonden Haare und die blauen Augen, die ihm an seinem Freund und kurzzeitigem Liebhaber so gefielen.

»Das weiß ich, Jan, und guck mich nicht so sauer an.

Aber bislang hatten wir es mit merkwürdigen Schützenbrüdern, einer doofen Motorradgang und debilen mörderischen Bürgern zu tun. Eine Umweltsauerei im großen Kaliber mit möglichen Mordopfern ist eine ganz andere Nummer. Trauen wir uns das zu?«

In die einsetzende Pause nuschelte Manni nur »Ich traue mir alles zu« und nahm noch einen kräftigen Schluck. Jan zuckte mit den Schultern.

»Klingt doch wirklich interessant, der erste große Fall für Flöz Vier, was gibt es da zu überlegen?«

Ja, was gibt es da zu überlegen?, fragte sich Robert, nippte an seinem Bier und wippte mit dem Kopf. Der Entschluss war klar, der Fall noch lange nicht. Egal wie betrunken er heute Abend noch werden würde, in jedem Fall würde er dem Bauern heute noch ein Angebot mit seinem Honorar rausschicken. Er bestellte noch zwei Bier und ein Wasser für Jan und hob feierlich das Glas, als Inge ihnen die Getränke reichte.

»Auf unseren neuen Fall!«, prostete er Manni und Jan feierlich zu. »Wir ermitteln wieder, gemeinsam.«

»Oh Gott, das kann ja was geben«, nuschelte Manni lächelnd und hob sein Glas nochmals. »Prost, Detektive!«

4

»Sind Sie besoffen? Warum schicken Sie mir eine Mail mit dem Betreff ›Ich liebe dich‹?«

Robert wusste nicht, wer ihn da am Telefon so anbrüllte. Er hatte genug damit zu tun, seine Übelkeit zu bekämpfen und das Zittern seiner Seele zu beruhigen. Scheinbar war es gestern noch spät geworden, sehr spät. Er erinnerte sich, dass er mit Manni, Arm in Arm mit einem aufblasbaren schwarzen Gorilla, nach einem Taxi gesucht und stattdessen eine Bude gefunden hatte, die noch Bier verkaufte.

»Da muss was auf dem Server schiefgelaufen sein, ich melde mich gleich wieder«, beschied er den Anrufer, der nur der Bauer sein konnte. Hatte er ihm tatsächlich geschrieben, dass er ihn liebte? Ihn mit Sylvia verwechselt? Er startete seinen Rechner und rief das Mail-Programm auf. Tatsächlich, er hatte das Angebot gestern noch verschickt, korrekt geschrieben, aber eben leider mit dem Betreff »Ich liebe dich«.

»Scheiße«, nuschelte er und griff zum Telefon. »Tut mir leid, da ist was schiefgelaufen, der Betreff war natürlich für meine Partnerin gedacht. Aber das Angebot ... Prima, dann fange ich heute noch mit den Ermittlungen an ... Und falls Sie nicht auf dem Hof sind, berichte ich Ihrer Frau, geht klar. Auf Wiedersehen, und nochmals Entschuldigung.« Erleichtert beendete er das Gespräch. Die Kuh war vom Eis und der Bauer am Haken. Ins Büro würde er heute nicht gehen, Internetrecherche stand auf dem Programm. Das konnte er mit Kaffee und Kippen auch zuhause erledigen.

Robert sah sich die Seiten von Felsenwasser und den anderen Unternehmen an, die Berichte über die damaligen Prozesse und alles, was er zu diesem Thema finden konnte. Die wichtigsten Informationen kopierte er und druckte sie aus. Dann schickte er die Ergebnisse per Mail an Manni und Jan. Es schien tatsächlich zu stimmen, dass die großen Einleiter bei dem Prozess gar nicht angeklagt worden waren. Dennoch war ihm nicht klar, warum einer der Beteiligten die betroffenen Landwirte, die armen Schweine, über die Klinge springen lassen wollte. Warum? Was wäre das Motiv? Er beschloss, sich diesen Ruhr Verein näher anzusehen, dort schienen einige Fäden zusammenzulaufen.

Robert staunte nicht schlecht, die Ergebnisse seiner Recherchen waren höchst interessant. Der Verein war für den Bau und Betrieb der Kläranlagen im Bereich der Ruhr zuständig. Gegründet worden war er schon 1903, war also verdammt alt. Und scheinbar bestens verzahnt im gesamten Ruhrgebiet. Aber nicht nur da, auch im Soester Bereich und in Teilen des Sauerlandes mischte der Verein kräftig mit. Und die Zusammensetzung war bunt, bunt und mit viel Potenzial für kriminelle Energie. Denn es ging um Macht und Geld. Mehr als fünfhundert Verbandsunternehmen waren dabei, Gemeinden, selbstständige Wasserversorgungsunternehmen, Wasserentnehmer – und den Löwenanteil bildeten die gewerblichen Unternehmen mit fast vierhundert Vertretern. Dass die nicht das Wohl des Vereins oder der Kommunen im Blick hatten, war logisch. Robert blieb nichts anderes übrig, als sich die komplette Mitgliederliste zu besorgen und zu recherchieren, ob eines dieser Unternehmen in dem PFT- Prozess gegen die Landwirte eine herausragende Rolle gespielt hatte. Zur Sicherheit rief er vorher noch Bauer Meier an, vielleicht konnte der ihm einen Tipp geben und ihm so einige mühevolle Kleinarbeit ersparen.

Konnte er nicht, wie sich nur wenige Minuten später her- ausstellte. Seufzend kopierte Robert die Mitgliederliste und druckte sie aus. Die Namen der meisten Unternehmen hatte er noch nie gehört. Nach gefühlten drei Stunden lehnte er sich zurück und drehte sich eine Zigarette. Dann nahm er sich ein Bier aus der Küche, ging auf den kleinen Hof und setzte sich auf eine der drei Treppenstufen, die zu dem Vorbau mit der Eingangstür führten. Er genoss das kalte Bier und zog den Rauch der Selbstgedrehten tief ein. Gleich würde er sich noch die Berichte über den Prozess durchlesen, die er im Internet gefunden hatte. Und morgen würde er sich den Hof seines Klienten im Bochumer Süden ansehen. Auf einem Bauernhof war er zuletzt in seiner Kindheit gewesen. *Ob die heute noch genauso aussehen wie früher? Mit Hühnern, Kühen und 'nem Hund?*

Polizeiwagen hatten in seiner Kindheit jedenfalls nicht vor einem Bauernhof gestanden. Und ein solcher versperrte ihm den Weg, die Zufahrt war dicht. Einfach zu Fuß weitergehen? Angesichts der Warnung vor dem bissigen Hund verzichtete er darauf. Dann sah er in einiger Entfernung einen Polizisten stehen und winkte ihm. Er setzte sich in Bewegung und ging am Zaun entlang zu dem Beamten.

»Guten Tag, Werner mein Name, ich wollte zu Herrn Meier. Können Sie mich durchlassen?«

Der junge schlanke Bursche schüttelte den Kopf. »Tut mir leid, geht nicht, ich darf keinen reinlassen.«

»Was ist denn passiert? Ich muss Herrn Meier sprechen, dringend. Er wartet auf Informationen von mir, sehr wichtige. Um nicht zu sagen, fast lebenswichtig«, log er.
Wieder schüttelte der Beamte den Kopf. »Ich darf Sie nicht reinlassen und ich darf Ihnen auch keine Auskunft

geben. Aber für Herrn Meier ist nichts mehr wichtig, wenn Sie verstehen, was ich meine.«

Robert nickte mechanisch. Das konnte nur bedeuten, dass sein Klient tot war. Aber wie? Hatte er mit seiner Angst recht gehabt? Dass ihn jemand aus dem Weg räumen wollte, so wie die beiden anderen? Er überlegte hin und her, aber ihm wurde klar, dass er bis morgen warten musste, auf einen Bericht in der Bochumer Tageszeitung. Oder sollte er noch Frau Meier anrufen? Das schien ihm pietätlos. Andererseits, sie wusste ja gar nicht, dass er hier und informiert war. Unsicher nickte er dem Polizisten zu und ging zurück zu seinem Auto. Hinter dem Steuer blieb er ruhig sitzen und dachte nach. Nie hätte er damit gerechnet, dass Bauer Meier wirklich in Gefahr war. Er dachte, das wäre einer derjenigen, die Verschwörungstheorien spannen. Vor allem, weil er vom Alter her deutlich in der zweiten Halbzeit spielte. Robert schätzte ihn auf Anfang sechzig. Er setzte sich in Bewegung, fuhr zurück nach Gelsenkirchen und rief von seinem Büro aus Frau Meier an.

»Schönen guten Tag, Frau Meier, Werner hier. Ich weiß nicht, ob Ihr Mann Ihnen von mir und meinem Auftrag erzählt ....«

Das leise Schluchzen ließ ihn innehalten und sich mies fühlen. »Ist etwas passiert? Kann ich Ihnen helfen?« Er hörte, wie sie am anderen Ende der Leitung versuchte, ihre Fassung wiederzugewinnen.

»Es ... es tut mir leid, Herr Werner, ich kann nicht lange sprechen. Die Polizei ist im Haus, mein Mann hatte einen Unfall. Er ... er wurde von seinem eigenen Traktor erdrückt. Mein Mann ist tot, Herr Werner.«

»Um Gottes Willen, das ist ja furchtbar.« Robert erschrak über sich, als er feststellte, mit welcher Aufrichtigkeit er heuchelte. »Wie ist das denn passiert?«

»Tut mir leid, Herr Werner, aber ich kann jetzt nicht, ich rufe Sie an.«

Damit war das Gespräch beendet. Bauer Meier tot, vom eigenen Traktor überrollt. Nein, »erdrückt« hatte sie gesagt. Das war die Gewissheit. Und da es nach einem Unfall aus- sah, würde die Akte schnell geschlossen werden. Wieder ein Stück Arbeit vom Schreibtisch der Polizei. War es ein Unfall gewesen? Oder hatte der Landwirt recht gehabt mit seiner Paranoia? Und war es überhaupt noch sein Fall? Sollte er weiter ermitteln, auch wenn die frischgebackene Witwe ihn nicht engagierte? Er musste Jan und Manni informieren. Und Sylvia, natürlich. Welche Schicht hatte Manni? Egal, jetzt, am Mittag, würde er ihn sicher erreichen.

»Ich stehe mir am Stand die Reifen platt, kannst ruhig loslegen«, gähnte Manni.

»Der Bauer ist tot, alter Kumpel, vom eigenen Traktor erdrückt, sagt die Witwe. Muss heute Morgen passiert sein, glaube ich.«

»Glauben ist in deinem Job ganz schlecht, Kollege, du brauchst Informationen. Ist ja ein merkwürdiger Zufall, diese Geschichte. Meinst du, der wurde wie seine Kollegen tat- sächlich um die Ecke gebracht?«

»Mutmaßungen sind in meinem Job ganz schlecht, Kollege. Aber es klingt schon merkwürdig. Was meinst du, bleiben wir dran? Eventuell auch ohne Bezahlung?«

»Ohne Bezahlung ist scheiße. Andererseits, welche hoch dotierten Aufträge hast du sonst noch auf dem

Schreibtisch?«

Wie so oft hatte Manni die Lage kurz und knapp erfasst. Es stimmte, außer gelegentlichen Kaufhausjobs stand zur Zeit nichts im Terminkalender.

»Alles klar, Manni, ich rufe jetzt noch Sylvia und Jan an. Der Witwe schicke ich eine Beileidskarte, auch als kleine Erinnerung, dass wir ihr vielleicht helfen könnten. Mach's gut, Kollege, und noch viele Fahrten.«

Seit Manni selbstständig war, kam ihm jede Fahrt recht. Er hatte den Schritt nach ihrem zweiten Fall gewagt. Die Taxibranche steckte in der Krise und so war das Risiko für seinen Freund und ehemaligen Studienkollegen nicht gerade gering. Bei Jan hatte sich die Lage verbessert. Auch er musste eine schwere Zeit durchmachen, hatte sogar daran gedacht, seinen Laden, das »Achter Deck«, zu schließen. Aber das hätte ihm das Herz gebrochen, er hing an seiner Bar. Mittlerweile konnte er auch wieder Aushilfen beschäftigen, das verschaffte ihm etwas freie Zeit.

Jan reagierte, wie Robert es bei ihm und Sylvia erwartet hatte: mit Sorge um ihn. Er solle bloß auf sich aufpassen, falls da tatsächlich ein Mörder sein Unwesen trieb. Robert sah sich nicht wirklich in Gefahr. Schon gar nicht, weil er überhaupt noch nichts unternommen hatte.

Der Anruf der Witwe erreichte ihn, als er gerade sein Büro verlassen und nach Hause gehen wollte. Er war erstaunt, als sie sich meldete. Er war überhaupt erstaunt, als das Telefon schellte. Wie an vielen anderen Tagen auch war es an diesem Tag still geblieben.

»Herr Werner, mein Mann hat mir natürlich von Ihnen

erzählt. Schließlich haben wir die Sache zusammen besprochen und entschieden«, kam sie sofort zur Sache. »Und ich möchte, dass Sie weiter recherchieren. Die Polizei geht von einem Unfall aus, haben sie gesagt. Sie müssen erst noch den Traktor untersuchen, aber es sähe alles danach aus.«

»Sie scheinen offensichtlich anderer Meinung zu sein.«

»Ja, denn Thomas war immer sehr vorsichtig, niemals leichtsinnig. Ich kann mir nicht vorstellen, dass er sich ohne entsprechende Sicherung zwischen die Mauer und den Traktor gestellt hätte, niemals!«

»Wenn es Ihnen recht ist, komme ich morgen Vormittag vorbei und sehe mir alles an.«

»Aber nur kurz, ich habe nicht viel Zeit.«

»Das kann ich mir vorstellen, Frau Meier.«

»Und bringen Sie den Vertrag mit.«

Thomas Meier, Wilfried Thomzyk und Hubertus Wildenhagen – das waren die Namen der Männer, die in kurzer Zeit nacheinander gestorben waren. Robert hatte sie sich bei seinem Gespräch mit der Witwe Maria Meier notiert. Sie hatte ihn überrascht. Sie sah völlig anders aus, als er sich die Frau eines ungefähr sechzigjährigen vierschrötigen Bauern vorgestellt hatte. Sehr schlank, um Haltung und Distanz bemüht, »aristokratisch«, das war der Begriff, der ihm zu ihr einfiel. Die grauen Haare streng gescheitelt, die gepflegten Finger ineinander gefaltet – seine Vorstellung einer Landwirtin sah anders aus. Und war offensichtlich überholungsbedürftig. Jedenfalls hatte sie ihn mit Informationen versorgt, über die bisherigen Opfer, über ihren Mann – und warum sie dachte, dass das alles nicht mit rechten Dingen zugehen konnte. Sie vermutete Mord, in drei Fällen.

»Wie gehen wir weiter vor?« Robert hatte für seine Freunde eine Kleinigkeit vorbereitet. Sie saßen in seiner Küche an dem runden Holztisch und aßen die Apfelwaffeln.

»Haben die drei irgendwelche Gemeinsamkeiten?«, fragte Manni kauend.

»Sie waren selbstständige Landwirte und sind jetzt tot.«

»Schlaumeier. Bist du schon auf Verbindungen gestoßen, vielleicht auf eine Firma, einen Namen, mit dem die drei häufig zu tun hatten?«

»Nein, Jan, bis jetzt nicht. Aufgefallen ist mir beim Abgleich der Mitgliedsliste des Ruhr Vereins nur eine Gesellschaft. Deren Name, Teslen, tauchte in den Berichten über den Skandal häufig auf. Offensichtlich hat diese Firma zahlreiche Pressemitteilungen über den Prozess und die Hintergründe herausgegeben.«

»Seltsam«, nuschelte Manni. »Sollten die nicht eher bemüht sein, die ganze Geschichte unter der Decke zu halten?«

»Stimmt«, pflichtete ihm Jan bei, »klingt schon merkwürdig. War das eine gemeinsame Linie mit dem Ruhr Verein? Oder sind die ausgeschert?«

»Kann ich nicht sagen. Allerdings ist mir kein anderes Unternehmen oder eine Kommune aufgefallen, die dermaßen die Öffentlichkeit gesucht haben. Klar, die

Städte haben natürlich immer wieder betont, wie wichtig ihnen der Prozess und die Aufklärung des Skandals ist.«

»Und die Gesundheit ihrer Bürger«, schob Manni hinterher, der die letzten Reste der Waffel mit einem Schluck Wasser hinunterspülte. »War lecker, kannste öfter machen«, feixte er, als er sich zurücklehnte und die Hände über seinen Bauch faltete.

»Leute, ich hab's eilig, Sylvia kommt gleich und ich muss noch etwas aufräumen.«

»Etwas?«

Robert entging nicht der Blick, den ihm Jan mit einem feinen Lächeln zuwarf. Leicht genervt überhörte er die Bemerkung.

»Also, wie gehen wir vor, liebe Mit-Detektive?«

»Arbeitsteilung«, grummelte Manni in seinen Bart und fuhr sich mit der Hand durch die langen Haare, in die sich immer mehr Grau mischte. »Wir beide«, er deutete auf Jan, »recherchieren über diesen Ruhr Verein und Teslen und du kümmerst dich um die Toten, wer sie waren, ob sie Gemeinsamkeiten, die gleichen Bekannten hatten oder in den gleichen Puff gegangen sind«, stellte er klar. »Und in drei Tagen treffen wir uns wieder hier. Wäre prima, wenn Sylvia auch dabei wäre.«

Völlig verdutzt nickte Robert. Manni hatte sich verändert, nachdem er sich von Maria getrennt hatte. Diese klaren Anweisungen überraschten ihn dennoch.

»Machen wir so«, entschied Jan, als er sich von seinem Stuhl erhob. »Los, Manni, fangen wir am besten sofort an.«

»Zu mir oder zu dir?«, gab der breit grinsend zurück.

»Zu dir?«, fragten Robert und Jan im Chor. »Seit wann hast du denn einen Computer und Internet?«

»Ich bin Unternehmer, Leute«, gab der gnädig zurück, als er sich erhob. »Natürlich nur vom Feinsten, die Marke mit dem Obst.«

»Ist klar, du Vorstandsvorsitzender, dann lass uns mal deinen Nobelrechner anwerfen«, grinste Jan, als die beiden die Wohnung verließen.

Immer noch verstört schloss Robert die Tür. Worüber sollte er sich mehr wundern? Über Mannis Entschlossenheit oder darüber, wie gut Jan und Manni sich seit einiger Zeit verstanden? Egal, ein Blick auf seine Uhr zeigte ihm, dass er sich beeilen musste. Zuerst räumte er das benutzte Geschirr in die Spüle und ärgerte sich wieder einmal, dass er in seiner kleinen Küche keinen Platz für einen Geschirrspüler hatte. Dann schnappte er sich den Staubsauger und machte den Teppich im Wohnzimmer sauber. Außer seinem altmodischen schwarzen Ledersofa, einem kleinen Glastisch, dem Fernseher und der Stereoanlage hatte er keine weiteren Möbel hier. Nur den Zeitungsstapel neben dem Sofa ordnete er noch. Danach folgte das Bad. Zuerst tauschte er den pinkfarbenen Bade-wannenvorleger aus, Sylvia hasste ihn. Dann machte er das Waschbecken und die Ablage sauber. Beim Anblick ihrer Haarbürste und ihrer Cremes hielt er inne. Seine Gedanken und Vorstellungen schweiften ab, er konnte ihren schlanken und makellosen Körper fast spüren, riechen, den Geruch ihrer Haare atmen und ihre festen Brüste liebkosen, während er ihre eleganten

Hände streichelte. Das Schlafzimmer! Er musste noch das Schlafzimmer aufräumen. Hastig beendete er seine Arbeit im Bad und ging ins Schlafzimmer. Zu spät. Er hörte, wie sich der Schlüssel im Schloss seiner Wohnungstür drehte.

»Hallo Robert.« Mit einem strahlenden Lächeln betrat sie seine Wohnküche, stellte ihre Reisetasche auf den Boden und zog die Jacke aus, die sie über den Stuhl legte. Dann kam sie zu ihm, stellte sich auf die Zehenspitzen, nahm seinen Kopf in ihre Hände und gab ihm einen Kuss. »Schön, wieder hier zu sein«. Ihre Hände wanderten auf seine Schultern. »Bist du gerade beim Aufräumen? Ist doch in Ordnung so.«

»Ich wollte nur noch im Schlafzimmer etwas Ordnung schaffen, dann bin ich fertig.«

»Und ich hätte wahnsinnige Lust, dort noch mehr Unordnung zu schaffen. Jetzt, sofort«, flüsterte sie ihm ins Ohr und nahm ihn an die Hand.

Bewundernd betrachtete er ihren perfekten Körper, ihre Rundungen, ihre sanfte Haut, ihre wunderschönen Haare. Sie hatte sich auf die Seite gelegt, ihre leichten, flachen Atemzüge verrieten ihm, dass sie eingeschlafen war. Jedes Mal, wenn er sie betrachtete, wurde er sich seiner Makel bewusst: der kleine Bauchansatz, sein blasser Körper, der durchaus etwas mehr Muskeln vertragen könnte. Was ihn am meisten wunderte war, dass sie ihn tatsächlich liebte.

Durch seine Blicke geweckt, drehte sie sich zu ihm um und lächelte ihn an.

»Du bist so unglaublich schön«, flüsterte er.

»Danke, mein Schatz. Und unglaublich hungrig. Meinst du, wir können in deinem Kühlschrank noch etwas zu essen finden?«

»Ich habe zwar, seitdem ich häufig bei dir in Iserlohn bin, meine Vorräte auf länger haltbare Produkte reduziert, aber selbstverständlich habe ich uns etwas Leckeres vorbereitet, mein Schatz.«

»Länger haltbar? Sag bloß, du isst immer noch diese Dosen-Ravioli?«

Der leichte Ekel in ihrer Stimme ließ ihn breit grinsen. »Nur noch selten. Und wenn, verfeinere ich sie mit Gewürzen.«

»Igitt. Ich geh jetzt ins Bad und bin mal gespannt, was nachher auf dem Tisch steht.«

Robert genoss die Eleganz in ihren Bewegungen, als sie sich aus dem Bett schwang. Seufzend stand er ebenfalls auf. Obwohl erst sechsundvierzig, wollte er seine Bewegungen und das Wort »Anmut« nicht in einem Gedanken nennen. Er zog seine Hose an und ging barfuß in die kleine Küche. Eigentlich war es nur eine Kochnische mit Kühlschrank, Spüle, Herd und einem kleinen Vorratsraum, die sich an seine Wohnküche drückte. Er ging zum Kühlschrank und holte den Braten heraus, den er vorbereitet hatte. Ein Entrecôte à la moutarde. Das Rezept hatte er zufällig in einer Zeitschrift gefunden. Es klang weder schwer noch aufwändig, aber dafür sehr lecker. Jetzt musste er nur noch darauf achten, die teure Rinderlende nicht in der Pfanne zu ruinieren. Und die Sahnesenfsauce versprach einen wahren Gaumengenuss. Als Vorspeise hatte er eine Gemüsesuppe vorbereitet, für den Nachtisch hatte er keine Zeit mehr gehabt. Eine gute Flasche Rotwein musste reichen.

»Riecht das gut.«, bemerkte Sylvia, als sie aus dem Bad kam und sich die Haare trocken rubbelte. »Hast dir wirklich Mühe gegeben, Kompliment.«

Er spürte, wie sie neugierig über seine Schulter schaute.

»Danke. Das Fleisch ist gleich gar, könntest du dich um die Sauce kümmern? Dann mache ich mich in der Zeit frisch.«

»Gerne«, meinte sie voller Vorfreude, als sie zurück ins Bad ging. Nur wenig später kam sie in einem engen sandfarbenen Kleid zurück.

»Versau es dir nicht«, warnte er sie mit einem Nicken auf das Kleid, das ihre Figur noch betonte.

»Hast du eine Schürze?«Robert schüttelte stumm den Kopf.

»Dann nehme ich den Bademantel. Und du sieh zu, dass du unter die Dusche kommst, der Braten wartet.«

»War das gut. Robert, damit hast du dich selbst übertroffen. Dir ist klar, dass meine Erwartungen an dich in der Küche ab sofort gestiegen sind?«, lächelte sie ihn über den Rand ihres Weinglases an.

»Ich würde mich gerne übertreffen«, prostete er ihr zu, »allerdings weiß ich nicht, ob ich in der nächsten Zeit Gelegenheit haben werde, Rezepte auszuprobieren. Die Frau des Bauern hat uns engagiert und ich denke, die Recherchen werden ziemlich komplex. Zumindest dann, wenn dieser Ruhr Verein tatsächlich mit drinhängt.«

»Das ist ja eine tolle Nachricht. Und eine tolle Chance.« Die leichte Müdigkeit nach dem Essen war verflogen, Sylvia strahlte. »Wenn du in dem Fall erfolgreich bist, kann dir das viele Türen öffnen, Robert, sehr viele. Dann musst du dich nicht mehr in einem Kaufhaus rumdrücken.«

»Ja, mit Sicherheit eine große Chance. Aber auch ein großes Risiko.« Er wiegte sein leeres Glas in der Hand. »Der Ruhr Verein scheint sehr mächtig und einflussreich zu sein. Dem ans Rad zu pinkeln, könnte auch nach hinten losgehen.«

»Ach was! Wie viele Mitglieder haben die, sagst du? Mehr als vierhundert? Dann gibt es unter denen auch jede Menge unterschiedliche Interessen, Machtspiele, Intrigen. Nein, Robert, das ist eine große Chance, kein Risiko.«

Nachdenklich füllte er die Gläser nach. Sie hatte recht. Er durfte nicht das Risiko sehen.

»Bin mal gespannt, was Jan und Manni dazu sagen.«

5

»Bist du bescheuert? Wo ist denn da ein Risiko? Denk an die Zukunft, du Angsthase, und nicht an dein Fracksausen.« Mannis Faust krachte auf den Tisch.

»Auch wenn man seine Meinung durchaus etwas leiser sagen kann, aber was Manni sagt, stimmt, Robert. Der Auftrag ist eine Chance für die Detektei, aber vor allem für dich. Schließlich bist du der einzige hauptberufliche Detektiv unter uns. Und ein Erfolg in diesem Fall wäre eine hervorragende Visitenkarte. Damit kommst du in die Medien!«

Robert nickte bedächtig. Jan und Manni hatten so reagiert, wie Sylvia es vorausgesagt hatte. »Gut. Dann lasst uns loslegen. Habt ihr schon etwas herausgefunden?«

»Klar doch, meinst du, Jan und ich hätten nur Däumchen gedreht? Aber noch sind wir mit unserer Recherche nicht am Ende, müssen nämlich ab und zu auch noch arbeiten, Kollege.«

Robert schnappte sich ein weiteres Brötchen aus Mannis Korb. Wieder war er beeindruckt, wie sauber und aufgeräumt dessen Wohnung war. Sein Äußeres, der lange Bart, die manchmal auch etwas ungepflegten langen Haare und sein Bauch unter dem Sweatshirt konnten schon zu einem Vorurteil verleiten. Bei Jan stimmten sein Bild und seine Wohnung absolut überein: gepflegt, elegant. Seine leicht gewellten, schulterlangen blonden Haare, seine teure, aber nicht aufdringliche Kleidung, sein athletischer Körper – es war ein harmonisches, stimmiges Bild, das sich in der Einrichtung seiner Bleibe spiegelte.

»Ich denke auch, Robert, wir sollten dabei bleiben und unsere Ergebnisse übermorgen besprechen. Kommst du denn voran?«

»Ich schaue mir gleich die drei Opfer genauer an, bislang hatte ich noch nicht so viel Gelegenheit. Aber bis in zwei Tagen werde ich einige Ergebnisse liefern, Leute.«

»Dann futter nicht so viel und hau rein, ich muss jetzt auch gleich zur Schicht. Heute fahre ich bis abends zehn, elf Uhr, danach kümmere ich mich wieder um die Firmen.«

»Ich mache an dem Punkt gleich weiter«, entschied Jan. »Was ich bis zum frühen Abend herausfinde, maile ich dir.«

»Alles klar, Kollegen, auf in die Schlacht.« Manni nahm Wurst und Käse vom Tisch und brachte sie zum Kühlschrank.

Robert kaute an dem letzten Bissen Brötchen, dann nahm auch er seine Jacke und verließ die Wohnung. Ihn empfing der dunkle Treppenflur dieses Mietshauses am Holtkamp. Bis zu seinem Büro war es nicht sehr weit, deshalb hatte er sich heute Morgen entschieden, zu Fuß zu gehen. Vom Schulte-im-Hofe-Platz ging er über den Festweg Richtung Ückendorfer Straße.

Als er an dem ehemaligen Gussstahlgelände vorbeiging, wurde ihm wieder bewusst, wie sehr sich sein Stadtteil in den vergangenen Jahren verwandelt hatte. Dort, wo früher die riesigen Hallen der Schwerindustrie gestanden hatten, war eine schmucke Siedlung entstanden, Einfamilienhäuser für junge Paare. Als er die Abkürzung über den Parkplatz des angrenzenden Supermarktes nahm, empfing ihn der Verfall der Hauptverkehrsader, der Ückendorfer Straße. Einst Lebensader, zeugte jetzt der Leerstand vieler Geschäfte vom Niedergang. Aber Robert hatte gelesen, alles sollte besser werden, Pläne würden existieren, um die Straße wieder zum Zentrum zu machen. Die bröckelnden Fassaden schwiegen dazu.

Wenige Minuten später erreichte er sein Büro. Es war ein winziges Ladenlokal mit einer Schaufensterscheibe. Den unteren Teil hatte er mit einer hellgrauen Folie abgeklebt, so- dass er von seinem Schreibtisch jederzeit auf die Straße schauen konnte. Die Ausstattung beschränkte sich auf seinen Schreibtisch, einen Laptop, einen Drucker sowie ein Telefon und die Kaffeemaschine.

Robert fuhr den Rechner hoch und gab die Namen der drei Männer in die Textverarbeitung ein. Thomas Meier, Wilfried Thomzyk und Hubertus Wildenhagen. Dann schrieb er seiner Auftraggeberin Maria Meier eine Mail mit der Bitte um mehr Informationen über die Kollegen ihres Mannes. Anschließend startete er eine Recherche im Internet, über Suchmaschinen, beim Deutschen Bauernverband, dem Nordrhein-Westfälischen Verband und anderen Organisationen. Und schnell wurde ihm klar, dass er sich auf Hubertus Wildenhagen konzentrieren würde. Der hatte seinen Hof in Gelsenkirchen, quasi um die Ecke, in Rotthausen, wo auch Jans »Achter Deck« lag. Robert grinste bei dem Gedanken an ein Wiedersehen mit Kommissar Hollunder. Der leitete die Ermittlungen. Er würde ihn besuchen und fragen, was er ihm über den Toten und die Todesursache sagen konnte. Wahrscheinlich würde er ihn rauswerfen, ihre letzte Begegnung in Iserlohn hatte nicht in purer Harmonie geendet. Er griff sich das Telefon und wählte die Nummer des Ermittlers.

»Schönen guten Tag, Herr Kommissar, Werner hier.«

»Um Gottes Willen«, hörte er den Beamten seufzen. »Welche Katastrophe haben Sie denn jetzt schon wieder angestellt?«

»Gar keine. Es geht lediglich um den Tod eines Mannes, angeblich Unfall. Hätten Sie ein paar Minuten Zeit?«

»Kommen Sie vorbei.«

Überrascht schaute Robert den Hörer an. Auf die kurze

Pause reagierte der Kommissar sofort.

»Wenn ich weiß, was Sie treiben, habe ich Sie wenigstens einigermaßen unter Kontrolle.«

6

Thorsten Schmidt legte zufrieden sein Handy auf die Glas- platte des Schreibtisches. Das Gespräch mit seinem Vorgesetzten in Kalifornien war gut verlaufen, die Fortschritte in Deutschland hatten ihn mehrmals »very good, excellent« sagen lassen. Und das war sein Verdienst. Er allein, Thorsten Schmidt, war dafür verantwortlich. Und er würde den Lohn dafür einfahren, irgendwann. Vielleicht schon, wenn diese Operation erfolgreich lief, dann hoffte er auf den Anruf, der ihn entscheidend weiterbringen würde: die Beförderung in die amerikanische Zentrale nach Klendale.

Zeit, den Fahrer zu rufen. Das Treffen mit den Mitgliedern des Ruhr Vereins stand auf dem Terminplan. Und anschließend noch das gemeinsame Essen mit dem Leiter der Abteilung Öffentlichkeitsarbeit. Er mochte ihn nicht, ein schmieriger Typ. Aber er war nützlich. Und solche Menschen brauchte er auf seinem Weg nach Klendale.

7

Diese verdammten Anwälte von dieser verdammten Drecksbehörde! Wütend knüllte Werner Hemwirt das Schreiben seines Rechtsanwaltes zusammen und warf es auf den Tisch. *Verhandlungen leider ergebnislos ...*

beharren auf ihren Forderungen ... nur noch geringen Handlungsspielraum ... Wenn die damit durchkamen, war er ruiniert, das war sicher. Dann konnte er seinen Hof zusperren und zum Sozialamt gehen. Oder sich umbringen. Hilflos knallte er die Tür ins Schloss und schwang sich auf seinen Trecker. Anwälte hin oder her, seine Kühe interessierte das nicht. Und sein Feld musste er auch noch bestellen, die Kartoffeln mussten in die Erde.

Er ließ den Diesel an und machte sich auf den Weg. Hatte sein Kollege, der leider viel zu früh verstorbene Hubertus Wildenhagen, nicht mal etwas von einem Beratungsgespräch erzählt? Von einer Agentur, die für die betroffenen Landwirte eintrat? Oder sogar Zuschüsse zahlte? Mist, verdammter, ihm fiel der Name nicht mehr ein, den er genannt hatte. Und fragen konnte er ihn ja nicht mehr. Der arme Kerl, besoffen vor den Baum geknallt. Na ja, zumindest war es schnell gegangen. Und Familie hatte er nicht gehabt. Er wusste, dass er sich bereits um einen Nachfolger für den Hof bemüht hatte. Aber wie hieß noch mal diese blöde Agentur? War da nicht irgendetwas mit »Fluss« gewesen? Oder »Ruhr«? Erst mal eine rauchen. Er sog den Rauch der Zigarette tief ein und stieß ihn wieder aus. Doch, mit Fluss war da was gewesen. Nein, verdammt, englisch ... »River«! *Der* kam im Namen vor, River Invest, das war es, so hieß diese Agentur!

Als er die Weide mit seinen Kühne erreicht hatte, stieg er vom Trecker und holte sein Smartphone heraus. Die Webseite der Gesellschaft hatte er schnell gefunden und auch den Kontakt. Er rief sofort an und schilderte, worum es ging, die Schadenersatzzahlungen, die er an das Land zahlen sollte wegen angeblicher PFT-Einleitungen und das heutige Schreiben seines Anwalts.

Die freundliche Dame am Telefon machte ihm einen Termin bei einem Berater: »Übermorgen, wenn es recht ist, um elf Uhr?«

Sehr zufrieden steckte Werner Hemwirt sein Handy in die Tasche seiner Arbeitsjacke. *Na bitte, geht doch.* Vielleicht nicht mehr als ein Silberstreif am Horizont, vielleicht auch nur ein kleiner ... Aber es war einer.

8

»Da sind alle drin.« Manni legte eine Mappe auf den Tisch und tippte mit dem Zeigefinger darauf. »Sehr freundlich von Teslen, ihre Mitarbeiter mit Namen und Foto auf der Internetseite zu veröffentlichen. So freundlich ist der Ruhr Verein leider nicht.«

»Der Reihe nach«, bremste Robert seine Mitstreiter aus und stellte die Getränke vor ihnen ab. »Wer oder was ist die- se Firma denn jetzt? Mir ist sie nur aufgefallen, weil sie häufig in der Berichterstattung erwähnt wurde.«

»Teslen ist seit knapp fünf Jahren in Gelsenkirchen ansässig«, erklärte Jan, nachdem er Robert, Manni und Sylvia mit seinem Weinglas zugeprostet hatte. »Sie bezeichnen sich als ›Dienstleister rund ums Wasser‹.«

»Ziemlich vage. Was machen die genau?«

»Die bringen dir kein Wasser nach Hause, Kollege, aber sonst scheinbar 'ne ganze Menge«, erklärte Manni und prostete Robert mit seinem Bier zu. »Laut Internetauftritt haupt- sächlich Beratung und Planung von technischen Anlagen.«

»Da ist die Mitgliedschaft im Ruhr Verein natürlich

Pflicht«, nickte Robert.

»Darauf kannst du einen lassen«, pflichtete ihm Manni bei und erntete einen bösen Blick von Sylvia. »Na ja, ist doch so!«

»Da ihr euch die Mühe gemacht und alles ausgedruckt habt, nehme ich an, wir finden unter den Fotos auch Leute wieder, die wir schon kennen?«

»Zwei«, erwiderte Jan knapp und zog ein Foto hervor.

Robert sah auf das Gesicht eines noch jungen Mannes, etwa Mitte dreißig, runde dunkle Brille, volles, nach hinten gegeltes schwarzes Haar, mit Anzug und Krawatte. »Der war schon mal Gast bei mir.«

Robert pfiff durch die Lippen. »Das ist doch mal ein Anfang.«

»Und den kenne ich von früher«, triumphierte Manni und holte einen weiteren Ausdruck hervor. »Fred Brüning, der Chauffeur vom Chef, diesem Thorsten Schmidt. Ist früher selbst Droschke gefahren, so wie ich. War dann irgendwann weg, hat sich scheinbar verbessert. Und wisst ihr, was das Beste ist, Leute?« Manni grinste wissend in die Runde, nahm einen Schluck Bier und stellte die Flasche wieder ab. Er genoss sichtlich die Aufmerksamkeit, als er verkündete: »Der will aufhören. Schluss mit Chef kutschieren, Schnauze voll.«

»Und was ist daran jetzt so toll?« Dass er eine dumme Frage gestellt hatte, wurde Robert klar, als Jan die Augen verdrehte.

»Alte Blitzbirne, lass es mich ganz langsam erklären«, holte Manni aus. »Der könnte mich empfehlen, und dann bin ich drin. Auf den Spuren des Geschäftsführers, verstehen Sie, Herr Robert Werner?«

Sylvia kicherte und Robert wurde sauer.»Ist ja gut, verdammt noch mal.«

»Reg dich nicht auf. Aber das ist eine gute Spur. Und ich werde mal diesen Abteilungsleiter aushorchen, wenn er wieder in meiner Bar ist«, zwinkerte Jan.

»Beides gut«, nickte Robert und trank einen Schluck. »Vorausgesetzt, diese Firma hat auch nur irgendetwas mit dem Tod der drei Bauern zu tun. Wofür wir keinen Anhaltspunkt haben.«

»Bessere Idee?«

»Nein, Manni, und brauchst auch nicht eingeschnappt zu sein. Aber was willst du mit deinem Taxi machen, wenn du den Job tatsächlich kriegen solltest?«

»Bleibt halt 'ne Weile stehen«, grinste der breit. »Bisschen feste Kohle verdienen, ist ja auch ganz schön. Und die Fahrgäste, die immer mit mir fahren, trete ich so lange gegen Provision an einen Kollegen ab. Wie üblich, wenn man zum Beispiel mal Urlaub macht.«

»Du hast tatsächlich Leute, die nur mit dir fahren wollen?«, fragte Jan schelmisch.

Sylvia lachte. Wie so oft genoss sie die Neckereien zwischen den beiden.

»So wat gibt et, Kollege, so wat gibt et!« Manni ließ die nicht vorhandenen Hosenträger von den Daumen schnellen. »Und wat is mit dir, Schörlock? Hast du auch 'nen bisken wat rausgefunden?«

»Vor allem habe ich einen alten Freund wiedergetroffen«, grinste der. »Unseren alten Kumpel Kommissar Hollunder.«

»Ach du scheiße, wie bist du denn auf den gekommen?«

»Ganz einfach, Manni, ich habe ihn angerufen. Und ich habe ihn besucht.«

»Er wollte dich nicht verklagen oder hat dich angebrüllt? Muss ich mir um Hollunder Gedanken machen?«

»Musst du nicht, Jan, dem geht es gut. Es war ein nettes Gespräch, aber er hat sich nicht in die Karten gucken lassen. Der Tod von Thomas Meier war ein Unfall, sagt er. Zu den Akten gelegt und erledigt.«

»Tolle Wurst«, kommentierte Manni. »Hast du auch noch was rausgefunden, das uns weiterbringt?«

»Ja, eine Akte.« Jetzt war es Robert, der zufrieden lächelte. »Die von Wilfried Thomzyk. Die lag nämlich immer noch auf Hollunders Schreibtisch. Dabei ist es schon fast drei Monate her, dass der in seiner Gülle Titanic gespielt hat.«

»Du meinst ...«

»... dass auch Hollunder nicht an einen Unfall glaubt.«

9

»Nehmen Sie Platz, bitte!«Der freundliche junge Mann zeigte auf den schwarzen Besucherstuhl vor seinem Schreibtisch. Werner Hemwirt setzte sich und schaute sich im Büro um. Wie der Rest des Gebäudes bestand es aus Glas und Metall, die hellgrauen Boden- fliesen ließen ebenfalls kein Gefühl von Wärme entstehen. Sauber, steril, lichtdurchflutet. Aber der junge Mann vor ihm schien hier in seiner natürlichen Umgebung zu sein. Er lehnte sich in seinem Sessel zurück und lächelte Werner Hemwirt an.

»Ich sagte ja schon am Telefon, worum es geht, Herr ...«

»Wortmann. Ich bin Berater bei River Invest und kümmere mich vor allem um die Opfer dieses PFT-Skandals.«

»Wer hier Opfer ist, sehen manche Leute ganz unterschiedlich.« Werner Hemwirt rutschte auf seinem Stuhl vor und zurück. »Das Land sieht es jedenfalls nicht so.«

»Wir haben natürlich den Prozess sehr aufmerksam verfolgt und sind mit der Entwicklung sehr unzufrieden. Ich will ganz offen sein, Herr Hemwirt, wir haben natürlich ein eigenes Interesse an dieser Entwicklung. Wir wollen in die Zukunft, in ein sauberes Lebensmittel, in reines Wasser investieren.«

Was das mit ihm zu tun hatte, erschloss sich ihm nicht sofort.

»Warum kümmern Sie sich dann um die alten Fälle, um die Landwirte, die Schadenersatz zahlen sollen? Die könnten Ihnen doch völlig egal sein.«

»Herr Hemwirt, Sie sind ein schlauer Mann«, lächelte der Berater freundlich und stützte sich mit den Unterarmen auf dem Schreibtisch ab. »Sie sind für uns keine ›alten Fälle‹, wie Sie sagten. Sie sind für uns die Partner von morgen.«

Hemwirt lehnte sich zurück. War der tatsächlich an einer Zusammenarbeit interessiert? Und was wollte der dafür?

»Und als Partner verspreche ich Ihnen ein offenes und transparentes Miteinander. Sollte es zu einem Vertrag kommen, werden wir den klar erläutern und einhalten. Sie werden uns schätzen lernen, Herr Hemwirt.«

Der zuckte nur mit der Nase und musterte sein Gegenüber. Eigentlich machte er einen ehrlichen Eindruck. Klang nicht so, als wollte er ihm etwas verkaufen.

»Wie sollte das Ganze denn ablaufen?«

»Sehr einfach, Herr Hemwirt, sehr einfach.«

Er sah, wie sich der junge Mann entspannte, sich vom Schreibtisch wieder in seinen Sessel lehnte und die Beine übereinanderschlug.

»Wir übernehmen die Verhandlungen mit dem Land und auch die Kooperation mit Ihrem Rechtsanwalt. Sollte es zu keiner Einigung kommen, übernehmen wir auch den vollen Schadenersatz. Es kommen keine Kosten auf Sie zu, Herr Hemwirt, keine Gebühren und keine versteckten Zahlungen, das verspreche ich Ihnen. Sollten Sie den Vertrag unter- schreiben, ist das Thema PFT, Rechtsstreit und Schadenersatz ab sofort für Sie erledigt. In dieser Sache werden Sie nie wieder etwas hören.«

Der Berater sah ihn fest an und schwieg. Der Nachhall der Worte erzeugte in Werner Hemwirt Schwingungen, die einen verlockenden Klang hatten. Keine Auseinandersetzung mehr, kein Schadenersatz, sein Betrieb wäre gesichert und damit seine

Altersversorgung auch. Das klang gut, das klang sehr gut. Aber ...

»Was wollen Sie im Gegenzug von mir?«

Lächelnd beugte sich der Berater wieder nach vorn und sah ihm in die Augen. »Wie schon gesagt, wir möchten mit Ihnen zusammenarbeiten. Für uns sind Sie der Partner von morgen.«

»Und wie soll das genau aussehen? Muss ich Ihnen dafür einen Teil meines Hofes überschreiben?«

»Wo denken Sie hin, Herr Hemwirt!«Die gespielte Entrüstung überzeugte ihn nicht.»Wir möchten lediglich auf Ihrem Grundstück etwas Wasser entnehmen, das ist alles.«

»Wasser?«, wiederholte Hemwirt ungläubig.»Ja, Wasser. Alles, was wir möchten, ist etwas Wasser.

Grundwasser, um genau zu sein. Wir machen eine kleine Bohrung auf Ihrer Weide und pumpen etwas Wasser ab. Sie werden die kleine Anlage kaum bemerken, und auch für Ihre Tiere besteht keine Gefahr.«

Werner Hemwirt verstand die Welt nicht mehr. Und dafür wollten die den gesamten Schadenersatz übernehmen?

»Wir machen einen Vertrag über eine Laufzeit von zehn Jahren, das ist alles. Und bis auf diese kleine Anlage können Sie Ihren Grund ohne Einschränkungen weiter bewirtschaften.« Berater Wortmann machte eine kleine Pause. »Wir müssen jedoch auf strengstem Stillschweigen bestehen, Herr Hemwirt. Das ist unabdingbare Voraussetzung, das muss klar sein.«

»Aber Sie machen da doch nichts Illegales, oder?«

»Nein, nein, auf keinen Fall«, wiegelte der Anzug ab. »Dennoch ist Diskretion ein absoluter Bestandteil des Vertrages. Sie dürfen weder über unser Übereinkommen noch über die Anlage und deren Zweck sprechen, auf keinen Fall.«

Werner Hemwirt nickte langsam. Dann stemmte er sich aus dem Stuhl hoch und richtete sich auf. »Ich lasse es mir durch den Kopf gehen.«

»Das sollten Sie, Herr Hemwirt, das sollten Sie. Ich gebe Ihnen noch meine Karte, Sie können mich jederzeit erreichen.«

Der Landwirt verließ den Glaspalast und war froh, die warme Frühlingsluft atmen zu können.

10

*Hat das Arschloch endlich Feierabend.*Fred Brüning lockerte die Krawatte und öffnete den obersten Knopf seines Hemdes. Endlich. Und endlich hatte er klein beigegeben. Müde lächelte er in den Rückspiegel, als er die Tür öffnete. Bevor er die Garage abschloss, nahm er sich eine Dose Bier vom Stapel im Regal. Das Auto hatte er schon gesaugt, es war für morgen bestens vorbereitet. Mit einem verheißenden Zischen öffnete er die Dose und nahm einen großen Schluck. Dann setzte er sich auf die kleine Bank, die er neben der Garage im Hof des Hauses aufgestellt hatte. Gab es solche Bänke auf Mallorca zu kaufen? Genau so eine Bank würde er vor sein Haus stellen und von dort aus abends aufs Meer schauen. Er hatte es geschafft. Er würde das Geld bekommen, der Geschäftsführer hatte aufgehört, mit ihm zu schachern. Endlich. Wie oft hatte er diese jungen Dinger zu ihm gebracht, auf der Straße aufgelesen. Dreizehn, vierzehn Jahre alt, höchstens. Und immer hatte sich Schmidt sicher gefühlt, keine Angst gehabt. Aber jetzt, kurz vor dem Sprung in die Zentrale in Kalifornien, musste er auf Nummer sicher gehen. Die erzkonservativen Bosse in Klendale würden es bestimmt nicht gern sehen, wenn Thorsten Schmidt mit jugendlichen Nutten in Verbindung gebracht würde, das hatte er ihm versichert. Und jetzt war er so weit. Am nächsten Wochenende würde er auf die Insel fliegen und sich das Haus ansehen, das er im Internet gefunden hatte. Das Geld würde locker reichen. Sobald er den Kaufvertrag unterschrieben hatte, würde er seinen restlichen Urlaub nehmen. Und den noch verlängern. Der konnte ihn am Arsch lecken, der musste nur noch die Kohle raustun. Nur noch wenige Tage, dann würde sein Traum wahr werden. Sein Traum vom Leben in der Sonne. Er trank die Dose leer, zerknüllte sie und warf sie in den Müll. Gleich würde er noch den guten Sekt trinken, den er kaltgestellt hatte. Für einen Abend wie diesen.

Er ging die wenigen Stufen zur ersten Etage des alten Hauses hinauf und schloss die marode Holztür auf. Nachdem er das Licht angestellt hatte, legte er seine Dienstmütze auf die Ablage, zog Jacke und Schuhe aus und machte sich auf den Weg ins Wohnzimmer. Nanu, hatte er die Tür zum Schlafzimmer heute Morgen nicht zugezogen?

Noch auf Socken stieß er die Tür auf und erstarrte in der Bewegung. Verdammt, was war hier los? Ein Mann! Wieso stand ein Mann in seinem Schlafzimmer?

»Was machen Sie ...«

Das dumpfe »Plopp« des Schalldämpfers hörte er schon nicht mehr.

»Scheint um Drogen gegangen zu sein.« Behutsam legte Kommissar Hollunder das kleine Tütchen mit dem weißen Pulver wieder auf den Tisch. »Was wissen wir über den Toten?«

»Fred Brüning, fünfunddreißig Jahre alt, ledig, von Beruf Chauffeur und jetzt tot.«

Seufzend schaute Hollunder den lakonischen Obermeister Kasimke an. »Es reicht, wenn Sie das aufzählen, was nicht offensichtlich ist. Unter anderem, dass der Mann noch nicht lange tot ist, die Starre hat noch nicht eingesetzt. Wer hat uns eigentlich benachrichtigt?«

»Der Nachbar von oben, ein Titus Müller. Der hatte den Brüning auf dem Hof gesehen und wollte zu ihm runter, auf ein Bier. Dann hat er einen Mann aus der Wohnung laufen sehen.«

»Gibt es eine brauchbare Beschreibung?« Vage Hoffnung auf die rasche Lösung des Falles kam in Hollunder auf.

Kasimke machte sie schnell zunichte und schüttelte den Kopf. »Er hat ihn nur von oben gesehen, einen Teil von dem vermutlichen Täter. Trug eine dunkle Mütze, dunkle Jacke, schlanke Statur, sonst nichts.«

Hollunder nickte. Wäre auch zu schön gewesen. »Chauffeur ... Ein seltener Beruf heutzutage. Haben Sie schon herausgefunden, für wen er gefahren ist?«

»Nee, Chef, ich hab noch nicht nach dem Arbeitsvertrag gesucht. Keine Ahnung, wo der seine Papiere gelagert hat.«

»Kasimke, dazu brauchen Sie keine Papiere. Wenn der Mann einen Dienstwagen fährt, dann ist der Fahrzeugschein im Auto. Und das, sehr geehrter Polizeihauptwachmeister, steht in der Garage. Also brauchen Sie am Schlüsselbrett nur nach dem Garagenschlüssel sehen.«

Genervt von seinem Kollegen wandte sich der Kommissar dem Mann von der Kriminaltechnischen Untersuchung zu, einem sehr erfahrenen Beamten. Der grinste ihn nur an.

»Ist eben nicht die hellste Kerze auf der Torte, unser Kasimke.«

»Können Sie schon irgendetwas zum Tathergang sagen?«

»Wie eine Hinrichtung. Der wird hier auf ihn gewartet haben. Und dann sofort geschossen, aus kurzer Entfernung. Sieht mir nach neun Millimeter Parabellum aus.«

»Also ganz die Handschrift ...«

»... eines Profis, mit hoher Wahrscheinlichkeit. Keinerlei Kampfspuren, nichts durchwühlt.«

Hollunder nickte. Mit so einem Täter hatte er schon lange nicht mehr zu tun gehabt. Die meisten Morde waren Beziehungstaten oder passierten im Milieu. Er schaute auf die Uhr. Wenn Kasimke es bald schaffte, den Wagen zu finden, konnte er rechtzeitig Feierabend machen. Als er die Schritte im Flur hörte, drehte er sich um.

»Und? Was rausgefunden?«

Kasimke strahlte. »Super Auto, Chef, ein fast neuer Benz mit ...«

»Kasimke!«

»Der ist zugelassen auf eine Firma namens Teslen mit Sitz hier in Gelsenkirchen, an der Uferstraße.«

»Gut, heute ist da keiner mehr. Morgen werden wir denen einen Besuch abstatten. Wollen doch mal sehen, was der Geschäftsführer zu den Drogen sagt. Und zum Mord.«

Kopfschüttelnd setzte sich Kommissar Hollunder hinter das Steuer seines Dienstwagens. Eins stand fest: Dieser Schmidt war ein miserabler Schauspieler. Zeigte sich erschüttert über den Tod seines Fahrers, dabei ging der ihm am Arsch vorbei. Hollunder war sicher, dass der nur daran dachte, woher er schnell Ersatz bekam, während er sein routiniertes Entsetzen hochhielt. Von den Drogen hatte er ihm nichts erzählt, lediglich gefragt, ob sein Fahrer Probleme mit Suchtstoffen wie Alkohol gehabt hatte. Dieser Schmidt hatte es nicht komplett ausgeschlossen, nur bemerkt hätte er nie etwas. Ansonsten wusste er nichts von seinem Fahrer, private Gespräche hätte er stets vermieden. Souverän bis arrogant wirkte er auf ihn, keine Spur von Nervosität. Hätte er ein Motiv gehabt, seinen Fahrer um die Ecke bringen zu lassen? Hollunder war klar, dass er zunächst das private Umfeld des Toten durchleuchten musste, seine Beziehungen, seine Finanzen, seine Vergangenheit. Einen Hinweis auf Drogendelikte hatte er in den Unterlagen und Datenbanken nicht gefunden, weder Besitz noch Handel. Lediglich ein Mal war er aufgefallen, bei einer Kneipenschlägerei. In die wäre er verwickelt worden, hatte er vor fünf Jahren behauptet. Ansonsten war der Mann sauber. Und das irritierte den erfahrenen Beamten. Sollten Drogen tatsächlich bei seinem Tod eine Rolle gespielt haben, hätten die Kollegen von Rauschgiftdezernat bestimmt von ihm gewusst, die kannten die Szene. Aber auch bei ihnen war Fred Brüning unbekannt. Hollunder trommelte mit den Fingern aufs Lenkrad. Die ganze Sache war ihm zu glatt, zu inszeniert. Und er hasste es, wenn ihn jemand auf eine falsche Fährte locken wollte. Zurück im Büro würde er sich den Mann genau ansehen. Und Kasimke mit einem Foto des Toten die Nachbarschaft abklappern lassen.

11

Verwundert drehte sich Robert zur Tür. Er hatte sich gerade erst Kaffee gemacht. Wer schellte denn schon um acht Uhr? Finanzamt? Vollstreckung? Nein, hatte er abgewendet. Polizei? Er stellte seine Tasse auf den Tisch und öffnete die Tür, die direkt in seine Küche führte.

»Guten Morgen. Darf ich ...«, sprach er den Mann an, der vor ihm stand, nichts sagte und grinste. Irgendwie kam er ihm bekannt vor. Der Bauch, die Augen, das feiste Lächeln ... wie bei Manni. Aber der hatte einen langen Bart, ebenso lange Haare und trug auch keinen Anzug. Aber konnte das tatsächlich ...

»Manni? Bist du das?«, fragte er ungläubig.

Der grinste nur noch breiter. »Ich hab 'nen neuen Job. Als Chauffeur.«

51

»Manni, komm rein. Verdammt, wie siehst du denn aus, ich hab dich überhaupt nicht erkannt.« Immer noch fassungslos machte Robert den Weg in die Küche frei und schloss die Tür. Er konnte die Augen nicht von seinem Kumpel lösen, der die Anzugjacke aufknöpfte, sie auszog und über die Stuhllehne hing. Manni im Anzug, mit kurzen gescheitelten Haaren und frisch rasiert, so hatte er ihn ...

»Überhaupt noch nicht gesehen, Kollege, bei meiner Kommunion kannten wir uns noch nicht. Tja, manchmal muss alles sehr schnell gehen.«

»Was ist denn passiert, wo fängst du an?«

»Du erinnerst dich doch so 'n bisken an unsere Besprechung neulich, oder? Dass ich versuche, bei Teslen reinzukommen? Tja, und das ging verdammt schnell. Vorgestern habe ich da angerufen, mich als Fahrer beworben, einfach so. Und da fragt die mich, ob ich auch den Geschäftsführer fahren könnte. Klar konnte ich, also sollte ich gestern vor- beikommen, mich vorstellen – gepflegtes Erscheinungsbild, natürlich, und unaufdringliches Auftreten. Geht klar, hab ich gesagt, und bin ab wie die Wutz nach ›Klamotten Anton‹, 'nen Anzug kaufen. Der Verkäufer hat geguckt wie ein Auto. Ging aber ruck, zuck. Hat der gut ausgesucht, da kneift nix, könnte ich mich glatt dran gewöhnen.«

»Manni, übertreib's nicht.«

»Anschließend wie die Wildsau zu meiner Friseuse. ›Wie immer‹, sacht die, ›nur beischneiden?‹

›Nee, mach kurz, so richtig. Und der Bart muss auch ab.‹ Hömma, die ist fast lang hingeschlagen, die Olle«, lachte Manni laut. »Die war fix und fertig. Hat ganz schön gedauert. Ich hab den Kerl im Spiegel überhaupt nicht erkannt, dat sah vielleicht komisch aus. Aber die Eva, die Friseuse, hat sofort gefragt, ob wir uns nicht mal treffen sollten.«

»Manni, wenn jetzt abends wäre, würde ich den Schnaps rausholen, ist echt ein bisschen viel auf einmal. Weiß Jan schon davon?«

Manni nickte. »Der kommt gleich kurz in dein Büro, bevor er das ›Achter Deck‹ aufschließt. Wir können ja schon mal vorgehen.«

»Gehen? Manni, muss ich mir wirklich Sorgen machen?« Robert grinste, schnappte sich seine Jacke und seinen Kumpel und machte sich auf den Weg zur Detektei.

»Wieso hast du den Job so schnell bekommen?« Es dauerte zwei, drei Minuten, bis Jan sich gefangen hatte. Immer wieder sah er an Manni rauf und runter. »Du siehst ja wie ein Mensch aus, Kollege.«

»Jau, ich werde dir immer ähnlicher. Aber keine Angst, dat is nur für den Job. Wieso ich den Job so schnell bekommen habe? Keine Ahnung, wahrscheinlich Zufall. Mein Vorgänger, der Brüning, ist wohl 'nen bisschen überstürzt gegangen, das werde ich noch rausfinden. Morgen geht es los, ich werde der Fahrer von dem Geschäftsführer, dem Thorsten Schmidt. Arbeiten muss ich auch abends und gelegentlich am Wochenende, aber das kenn ich ja vom Taxi. Nur, dass ich den ganzen Tag in diesem Affenjäckchen rumlaufen muss, das ist hart.«

»Und gepflegt sprechen solltest, Slang wird der nicht so gerne haben.« Jan schien Gefallen an der Geschichte zu finden.

»Kein Problem, das können Sie haben, mein Herr, stets zu Diensten. Und wenn Sie über Literatur, Politik oder Wissenschaft sprechen möchten – kein Thema. Manchmal, wenn ich am Stand viel Zeit habe, lese ich die ZEIT. Und zwar jede Woche, Herr Jan Schmelter, von vorne bis hinten.« Manni genoss ebenfalls das verdutzte Gesicht seines Freundes.

»So, und nachdem ihr euch neu kennengelernt habt, was versprichst du dir konkret von dem Job, Manni?«, schaltete sich Robert ein.

»Ich will wissen, zu welchen Firmen und Vereinen der wie oft fährt, was er da macht, ob die in irgendwelchen Verbindungen stehen. Ich denke, das wird nicht lange dauern, wenn ich gelegentlich mit anderen Fahrern aus den Chefetagen eine rauche.«

»Gut, wenn du Namen hast, gib sie am besten an Sylvia weiter, die hat gute Verbindungen zu Wirtschaftsverbänden. Und bald werden wir wissen, was der Schmidt und Teslen wirklich treiben.«

12

»Einen Talisker, ohne Eis, den zehnjährigen.«Florian Hock setzte sich an die Bar des »Achter Deck« und gab mit einem knappen Wink seine Bestellung auf.»So wie letztes Mal?« Jan lächelte seinen Gast an.»Du erinnerst dich? Ich war doch erst an einem Abend hier?«

»An manche Gäste erinnert man sich, an manche nicht so gut. Außerdem wird Talisker nicht oft bestellt. Wie heißt du?«

»Florian. Freut mich, dich kennenzulernen. Du bist der

Inhaber?«

Jan war ihm dankbar, dass er ihn nicht »Wirt« genannt hatte.

»Ja, mir gehört das ›Achter Deck‹, ich bin Jan.« Dabei reichte er ihm die rechte Hand über die Theke und schenkte ihm ein freundliches Lächeln.

»Freut mich«, strahlte der zurück. »Weißt du, bis vor Kurzem war ich oft in einem anderen Laden, ist mir aber zu schmuddelig geworden.« Jan konnte sich denken, welche Bar er meinte. »Außerdem wohne ich hier in Rotthausen, ist also nicht nur schöner, auch praktischer.«

»Ich habe dich hier noch nie gesehen. Draußen, meine ich.«

»Bin viel im Büro. Ist außerdem schon fast an der Grenze zu Ückendorf.«

Jan nickte. Er wohnte am anderen Ende des Stadtteils, Richtung Essen.

»Und was machst du den ganzen Tag in deinem Büro?«

»Öffentlichkeitsarbeit, PR. Gibst du mir noch einen? Danke. Ist ein amerikanisches Unternehmen, technische Dienstleistungen und Beratung rund ums Wasser.«

»Wasser? Also Mineralwasser, Getränkeindustrie?«

»Nein, Trinkwasser. Ist eine bisschen komplizierte Geschichte, obwohl es sich so einfach anhört.«

»Klingt aber sehr interessant. Hättest du Lust, mir mehr darüber zu erzählen?«

»Gerne, Jan«, freute sich Florian Hock. »Aber hier an

der Bar ist das nicht so einfach, dein Laden wird langsam voller und du musst arbeiten.«

»Komm doch morgen einfach eine Stunde früher, ich schließe dann wieder ab. Dann können wir etwas essen und du erzählst.«

»Klingt gut, Jan, das machen wir so.«

Der stellte den dritten Whisky hin, prostete ihm mit seinem Wasser zu und war sicher, seinen Gast glücklich gemacht zu haben.

13

»Ich hab ihn an der Angel.«

»Freut mich, dass du Spaß am Fischen hast, Jan. Oder willst du mir etwas anderes sagen?« Robert hatte gerade erst seine Tür aufgeschlossen und seinen Rucksack abgestellt. Die Fahrt von Iserlohn war anstrengend gewesen, viel Stau auf der A40, eine Baustelle und ein Unfall. Seine Kopfschmerzen waren dadurch nicht besser geworden. Außerdem hatte er Hunger.

»Oho, ist der Herr gut gelaunt? Na, wen wohl, unseren Mitarbeiter bei Teslen, den Öffentlichkeitsarbeiter. Wir haben gestern zusammen gegessen und ich habe so einiges über diesen Laden erfahren. Hast du gleich eine Stunde Zeit oder willst du erst ungestört rumgrummeln?«

Robert überlegte kurz. Eigentlich wollte er nur seine Ruhe, etwas essen und ein kaltes Bier. Er schaute auf die Uhr. Wenn es tatsächlich bei einer Stunde blieb, konnte er um acht die Tür wieder hinter sich schließen.

»Ist gut, Jan, ich fahre sofort los.« Ohne einen Gruß abzuwarten, legte er auf.

Er hatte Glück und konnte direkt vor dem »Achter Deck« parken. Jan erwartete ihn bereits und winkte ihn zu einem kleinen Tisch im hintersten Winkel des Raumes.

»Du siehst müde aus.«Robert nickte nur und setzte sich.

»Dann erzähle ich dir, was ich erfahren habe, dann kannst du dich erholen. Ich habe gestern über eine Stunde mit Florian ...«

»Florian?«

»Florian Hock, der Abteilungsleiter von Teslen, PR und Öffentlichkeitsarbeit. Und er hat mir einiges über diese Firma erklärt. Sehr interessant, was die machen und wie die verschachtelt sind.«

»Und warum, glaubst du, hat er dir so viel erzählt? Hast du ihn angestrahlt?« Zum ersten Mal erlaubte sich Robert ein Lächeln zu seinem Freund.

Der wurde tatsächlich etwas verlegen. »Ich weiß nicht so richtig, was da gestern passiert ist. Florian ist wirklich sehr nett, und ich glaube, er war einfach erleichtert, jemandem etwas über diese Geschäfte erzählen zu können. Und, ja, ich glaube, er mag mich, irgendwie.«

»Jan, ich kenne diesen Ausdruck in deinen Augen. Es ist noch gar nicht so lange her, dass ich ihn gesehen habe. Aber diese Sache vor einigen Monaten ...«

»... ist nicht schön ausgegangen, ich weiß, Robert, danke, dass du mich daran erinnerst.« Ärgerlich stand

Jan auf und ging zur Bar. Wenige Minuten später kam er zurück, mit einem Zettel in der Hand.

»Tut mir leid, mein Freund, das wollte ich nicht.«

»Ist schon wieder in Ordnung, habe mich abgeregt. Lassen wir das Persönliche, ich habe aufgeschrieben, wo Teslen überall vertreten ist. Wobei Florian sagt, dass er es selbst nicht genau weiß, den kompletten Überblick hat nur der Geschäftsführer.«

»Wenn ich mir deine Liste anschaue ...«

»... gibt es zwei Schwerpunkte. Zum einen die Mitgliedschaft im Ruhr Verein. Dort ist Thorsten Schmidt in mehreren Gremien vertreten. Welche es genau sind, weiß Florian nicht. Wohl aber, dass der Geschäftsführer viel Zeit dafür aufwendet.«

»Das wäre sehr wichtig, darüber mehr zu erfahren. Vielleicht schafft es Manni durch seinen neuen Job.«

»Und Sylvia, Robert. Jedenfalls ist ein weiterer wichtiger Punkt die Firma Spring Ground. Von der wusste Florian, dass sie eine reine Tochterfirma von Teslen ist und sich um Grunderwerb kümmert.«

»Grunderwerb? Du meinst, das ist eine Art Immobiliengesellschaft?«

Jan schüttelte den Kopf. »Nein, nein, mit Immobilien haben die nichts zu tun. Zumindest bis jetzt nicht. Die kaufen Grundstücke, landwirtschaftliche Grundstücke. Weder Bau- noch Gewerbegebiete.«

»Um dann was mit denen zu machen? Später umwidmen und doch bebauen?«

»Sieht nicht so aus. Die kaufen die einfach, scheinbar

ohne weitere Nutzung.«

»Aber da muss doch eine Absicht dahinterstecken, ein Grund für die Investitionen. Die kaufen doch nicht aus Lust und Laune oder weil sie feuchte Ökowiesen so mögen. Die wollen doch Kohle machen, Jan.«

»Dein Scharfsinn ist manchmal erregend, Robert. Natürlich wollen die Geld verdienen. Florian weiß aber nicht, wie, welcher Plan dahintersteckt. Und offiziell ist Schmidt dort gar nicht vertreten, mit keinem Posten. Aber er hat dort ein eigenes Büro und ist mehrmals die Woche vor Ort.«

»Wahrscheinlich lässt sich der saubere Geschäftsführer so ganz nebenbei ein fürstliches Beraterhonorar auszahlen«, schnaubte Robert verächtlich. »Ist doch überall derselbe Scheiß.«

»Kein Grund, neidisch zu sein, Robert. Und sag nicht, du würdest die Kohle nicht mitnehmen. Mal abgesehen davon, dass es dafür keinen Beweis gibt, den müssten wir uns erst besorgen.«

»Die werden uns wohl kaum ihre Gehalts- und Honorar- listen geben.«

»Richtig, du Superdetektiv. Keine Ahnung, wie wir da drankommen könnten. Vielleicht hat Sylvia eine Idee.«

Wieso Sylvia? *Er* war der Detektiv. Gleich morgen früh würde er sich darum kümmern. Und er hatte auch schon eine geniale Idee, wie er das anstellen würde. Er grinste breit.

»Robert, alles in Ordnung? Denkst du gerade an Sylvia? Das muss noch warten. Es gibt nämlich noch einen weiteren Namen, den Florian genannt hat, die

River Invest AG. Was es mit der auf sich hat, konnte er nicht sagen. Bei allen Gesprächen hätte der Schmidt konsequent gemauert, wenn die Rede auf diese Gesellschaft kam.«

Robert nahm den Kugelschreiber aus seiner Hemdtasche und notierte sich den Namen auf Jans Zettel. Auch um die würde er sich morgen kümmern.

»Das ist ja schon eine ganze Menge, Jan, gute Informationen.« Er lehnte sich in seinem Bistrostuhl zurück. »Weißt du schon, wie du mit diesem Florian weiter umgehen wirst?«

Jan holte tief Luft und legte den Kopf in den Nacken. »Er ist ein netter Kerl, ganz sicher. Aber es ist tatsächlich so, der Schmerz vom letzten Mal ist noch da. Und ich möchte nicht, dass der wieder nach oben kommt. Ich brauche Kraft, Robert, das ›Achter Deck‹ braucht sehr viel Energie. Ja, er ist attraktiv und ich bin durch sein Interesse geschmeichelt.«

Jan beugte sich nach vorn, sah Robert an und zögerte vor dem letzten Satz. »Ich muss mich selbst schützen, Robert. Wenn es nicht um den Fall ginge, würde ich Florian abblitzen lassen.«

»Pass auf dich auf, Jan.« Robert klopfte seinem Freund im Aufstehen auf die Schulter, dann verließ er die Bar. Diese Last konnte er ihm nicht abnehmen und auch nicht die permanente Sorge um das »Achter Deck«.

Am nächsten Morgen saß Robert bereits um halb acht im Büro. Als erstes nahm er sich Spring Ground zur Brust. Deren Seite im Internet war so auffallend nichtssagend, dass es verdächtig war. Gemeinsam mit einer Umweltschutzorganisation, deren Name er nie gehört hatte, wolle man wertvolle Grünflächen sichern und erhalten. Eine ökologische landwirtschaftliche Nutzung sei angestrebt und solle verstärkt umgesetzt werden. Natürlich in partnerschaftlicher Zusammenarbeit mit den Landwirten. Einige der Fotos kamen Robert bekannt vor. Er glaubte, Landschaften im Bochumer Süden sowie Witten wiederzuerkennen. Zu seiner Studienzeit hatte er manche Stunde dort verbracht, in Stiepel und in Herbede. Von der Ruhr-Universität war es nicht weit bis zum schönen Kemnader See. Sein Plan stand fest, er würde sich die Grundstücke selbst ansehen. Eine dringend nötige Recherche, die er mit einem Frühstück im Freien unter der morgendlichen Sonne verbinden würde. Er schnappte sich seine Jacke, ging noch zum Bäcker und verstaute dann die frischen Croissants in seinem alten Golf. Pfeifend nahm er Kurs auf Wattenscheid.

Seine Schuhe waren vom noch nassen Gras schnell feucht geworden, aber Robert ging weiter Richtung Ufer. Lange schon war er nicht mehr an der Ruhr gewesen und es sah so aus, als hätte sich hier nichts verändert. Außer den Zäunen, die waren neu. Neu und grün, etwa zwei Meter hoch, mit Plastik ummantelter Draht. In weiten Abständen waren Türen eingelassen, mit stabilen Schlössern. Was gab es hier zu schützen? Und vor wem? Die eine oder andere technische Anlage fiel ihm auf, mitten auf den Wiesen. Er konnte nicht genau sagen, wozu sie dienten, er meinte, jeweils ein Pumpengehäuse zu erkennen. Am Ufer setzte er sich in den Kies und aß eines der Croissants. Diese idyllische Stille, das gleichmäßige Plätschern des Wassers beruhigten ihn, ließen die Gedanken an den Fall in den Hintergrund schwingen. Er musste Sylvia diese Stelle zeigen, sie würde sie mögen, bestimmt.

Was wollte Spring Ground hier an der Ruhr? Robert blickte noch einmal auf den Fluss und die grünen Büsche und Bäume am anderen Ufer, so, als könne er diesen Anblick mit in sein Büro nehmen. Dann stemmte er sich hoch und machte sich auf den Rückweg. Kurz vor seinem Auto, schon auf dem Feldweg, kam ihm ein Trecker entgegen.

»Moin. Na, kleinen Morgenspaziergang machen?«

Robert winkte dem Mann zu. »Herrlich, war früher häufiger hier. Hat sich Gott sei Dank nicht viel geändert. Nur mehr Zäune.«

Der Mann stoppte den Trecker, schaltete den Motor aus und stieg hinab. Das bereitete ihm etwas Mühe, wie Robert beobachtete.

»Ja, die Zäune. Aber die müssen eben sein, ist alles nicht mehr so wie früher.«

»Nicht mehr so friedlich?« Robert hielt dem Mann seine Packung Zigaretten hin, aber der winkte ab.

»Nicht mehr so einfach. Als Landwirt kannst du kaum noch überleben, da musst du mit anderen zusammengehen, dir Partner suchen. Der Milchpreis ist ganz tief im Keller, diese scheiß Discounter drücken den immer weiter.« Der Mann lehnte sich an seinen Trecker, so, als sei er am frühen Vormittag schon erschöpft. »Und die Behörden schikanieren uns immer mehr, Umweltauflagen hier, Steuern da. Macht alles keinen Spaß mehr«, seufzte er.

Robert nickte. »Haben schon viele Kollegen aufgegeben?«

»Es machen nur noch die Alten weiter, so lange sie

müssen. Nachfolger gibt es keine, die sind doch nicht blöd und ackern vom frühen Morgen bis zum Abend, sieben Tage die Woche. Kühe kennen keinen Sonntag.«

»Wieso müssen denn die Zäune sein? Ich sehe hier nichts, was sie aufhalten sollten.«

»Ich sagte ja, man muss sich mit Partnern zusammentun. Und die haben manchmal ihre eigenen Regeln. Aber dazu sage ich nichts mehr. Schönen Tag noch.«

Robert winkte ihm noch einmal zu und setzte sich in seinen Wagen. Waren die Grundstücke von Thomzyk und Meier auch eingezäunt? Hatten die auch Partner ins Boot geholt? Er startete den Motor und nahm Kurs auf den Hof von Witwe Meier.

14

»Zum Verein.«Wie immer gab Geschäftsführer Thorsten Schmidt das Fahrtziel kurz und knapp an. Manni hatte sich schon dran gewöhnt. Und auch daran, dass der junge Unternehmer sich nicht mit ihm unterhielt, kein Wort. Entweder las er Zeitung, arbeitete am Tablet, hatte das Smartphone in der Hand oder telefonierte. Selten schaute er nur aus dem Fenster. Manni versuchte bei den Telefonaten etwas aufzuschnappen, aber es waren nur wenige Worte. Diese Typen schienen Angst zu haben, zu viel zu sprechen. Oder es war ihnen einfach lästig. Und bei den Gesprächen, die Schmidt auf Englisch führte, musste Manni passen. Der amerikanische Slang war zu stark und das Tempo zu hoch.

Das Fahrtziel »Verein«, also der Ruhr Verein,

bedeutete mindestens eine Stunde Wartezeit. Wenn er Glück hatte, waren noch andere Chauffeure anwesend, mit denen er sich unterhalten und einen Kaffee trinken konnte.

Eigentlich ein scheiß Job, dachte Manni. *Du stehst viel rum, hast wenig Unterhaltung, musst immer top gepflegt sein und wehe, auf der schwarzen Limousine ist auch nur ein Fitzelchen Dreck zu sehen.* Beim Taxifahren war mehr los. Seine Fahrgäste waren manchmal grob oder betrunken oder häufig beides. Aber interessanter. Wie lange es wohl dauern würde, bis nach dem Job seine Haare wieder wuchsen? Wenn er sich mit den Fingern durch die verbliebenen Haare strich, vermisste er sie schon. *So eine Art Phantomschmerz*, dachte er.

Manni stoppte den Wagen vor dem überdachten gläsernen Eingang des Ruhr Vereins, ließ den Geschäftsführer aussteigen und lenkte die Limousine auf den rückwärtigen Park- platz. Dort warteten bereits zwei Kollegen, von denen er einen nicht kannte.

»Moin«, rief Manni, als er ausstieg und auf die beiden zuging.

»Morgen«, sagte der Unbekannte, während der andere Fahrer schwieg und einen Zug an seiner Zigarette nahm. »Du bist also der Neue vom Schmidt. Hat ja schnell Ersatz gefunden für den Fred.«

»Zufall, ich hatte mich einfach beworben, so ins Blaue hinein. Konnte ja nicht wissen, dass der aufhört.«

»Aufhören ist ja wohl untertrieben, Kollege«, mischte sich der Raucher ein. »Weißt du gar nicht, was mit dem passiert ist?«

Manni schüttelte den Kopf. »Nee, keine Ahnung, was ist denn mit dem?«

»Der ist tot, Manni, mausetot. Kommt abends nach Hause und das war's. Soll in seiner Wohnung überfallen worden sein, sagt man. Weiß ich aber auch nicht genau, wird schon was dran sein.«

»Überfallen? Also ermordet?«

»Sagt man. Deinen Job hast du also von ihm tatsächlich geerbt«, fügte der Chauffeur süffisant an.

»Scheiße. Hoffentlich ist das nicht ansteckend«, nuschelte Manni. Für seinen Geschmack gab es in diesem Fall definitiv zu viele Tote. »Aber dass der zu viel übers Unternehmen gewusst hat, kann man bestimmt nicht sagen, so schweigsam wie der Schmidt ist.«

»Mein Chef redet immer wie ein Wasserfall«, grinste der Raucher. »Wenn ich den von der Zentrale in Gelsenkirchen nach Essen bringe, weiß ich so ziemlich alles über seine blöden Untergebenen und seine missratene Brut zuhause.«

Die Zentrale in Gelsenkirchen ... Das musste der Fahrer vom Felsenwasser-Geschäftsführer sein.

»Und, bringst du ihn oft nach Essen, zum Verein?«

»Einmal die Woche, mittwochs, fester Termin. Treffen der Geschäftsführer, glaube ich. Manchmal schalte ich meine Ohren auf Durchzug«, grinste der Raucher und erntete das Gelächter seiner beiden Kollegen.

Heute war aber Donnerstag, und der Parkplatz füllte sich mit immer mehr großen BMW, Audi und Mercedes. Es sah so aus, als wäre es ein wichtiger

Termin außer der Reihe. Manni legte die Stirn in Falten. Waren die Toten der Grund für das Treffen?

15

Sylvia parkte ihr schwarzes Mercedes Cabrio auf dem Besucherparkplatz des Klärwerks in Iserlohn-Letmathe. Sie hatte einen Termin vereinbart, nahm die Plastikflasche aus dem Kofferraum und meldete sich am Eingang.

»Behnke, guten Tag, ich habe einen Termin mit ...«

»... mir, dem alten Freund und Schützenbruder deines Mannes. Hallo Sylvia, du siehst blendend aus.«

Überrascht drehte sie sich um. Sie hatte den Mann gar nicht kommen hören.

»Hallo Hermann, lange nicht gesehen. Wie geht es dir?« Der Mann vor ihr war einen Kopf größer als sie, hatte leuchtende blaue Augen, in denen sich die Freude über ihren Anblick spiegelte. »Warst du im Urlaub? Du bist so braun gebrannt und wirkst so erholt.«

»Schön wär's. Nein, ich bin einfach viel an der frischen Luft, Außendienst. Wann haben wir uns das letzte Mal gesehen, Sylvia?«

Die schwieg einen Moment. »Das muss auf Werners Beerdigung gewesen sein.«

»Traurige Sache, das. Und schon wieder so lange her. Aber jetzt komm erst einmal in mein Büro.«

Sylvia folgte ihm in die erste Etage des Backsteinbaus. Übertrieben viel Wert auf die Präsentation wurde hier nicht gelegt, aber was hatte sie vom Verwaltungsbau eines Klärwerks erwartet. So zeigte sich auch sein Büro, zweckmäßig und kühl: ein einfacher Schreibtisch, zwei Stühle und Regale mit Akten. Sylvia entdeckte auf dem Schreibtisch zwei Rahmen mit Fotos. Sie nahm an, dass sie seine Familie zeigten. Sie wusste, dass er verheiratet war, aber nicht, ob er Kinder hatte. Sie nahm vor dem hell furnierten Schreibtisch Platz.

»Möchtest du einen Kaffee? Ein Wasser oder etwas anderes?«

»Ein Wasser wäre prima, sonst nichts, bitte.«

Nachdem er das Glas und die kleine grüne Flasche auf den Tisch gestellt hatte, nahm er in seinem Schreibtischstuhl Platz. »Was kann ich für dich tun, Sylvia?«

Sie zog die Plastikflasche aus der Tasche und stellte sie auf den Tisch. »Ich brauche eine zuverlässige und vertrauliche Analyse dieses Wassers, Hermann. Kannst du mir dabei helfen?«

»Eigentlich machen wir keine Auftragsarbeiten, egal wie groß oder klein sie sind. Wir analysieren ausschließlich das Wasser, das im Bereich des Ruhr Vereins vorkommt. Wozu brauchst du denn die Analyse?«

»Das Wasser stammt von einem Grundstück, das ich vielleicht kaufen möchte. Und ich möchte dort einen Brunnen anlegen, deshalb ist die Qualität des Wassers für mich entscheidend beim Kauf. Könntest du für mich eine Ausnahme machen?« Sie wusste, dass er ihrem Lächeln nicht standhalten konnte. Dass die Probe aus der Lenne stammte, behielt sie für sich.

»Geht klar, Sylvia, ich gebe die Probe in unser Labor. Wird nicht lange dauern, ich rufe dich dann an und schicke dir später die Analyse zu.«

»Das ist sehr nett von dir, Hermann. Ich wusste nicht, an wen ich mich sonst hätte wenden können.«

»Kein Problem, Sylvia«, lächelte er und erhob sich ebenfalls. »Ich helfe dir gerne, nicht nur wegen Werner.«

Sie gab ihm die Hand und verließ das Büro. Das Wasser hatte sie nicht angerührt.

»Bist du sicher, dass die Probe aus dem Grundwasser stammt?«

Unsicher schwieg Sylvia einen Moment, bevor sie antwortete. »Der Besitzer des Grundstückes hat es mir versichert. Warum, was stimmt mit der Probe nicht?«

»Wir haben Stoffe darin gefunden, die dort nicht sein sollten. Zumindest nicht in diesen hohen Konzentrationen.«

»Wenn du von ›Stoffen‹ sprichst, was meinst du genau? Sind sie gesundheitsschädlich?«

»Na ja, können sie sein, hängt immer davon ab, wie viel man davon zu sich nimmt. Ist im Prinzip nicht anders als bei Grillwürstchen.« Das Lächeln am anderen Ende der Leitung wirkte gequält. »Sagt dir der Begriff PFT etwas?«

Sylvia zögerte. Sie durfte nicht preisgeben, dass dieser Stoff der Grund für ihre Recherchen war. »Gehört habe ich ihn schon, worum geht es dabei?«

»Alles, was ich dir jetzt sage, bleibt unter uns, Sylvia, das kann mich sonst den Job kosten. PFT steht für perfluorierte Tenside, ein Stoff, der in vielen Bereichen verwendet wird, in der Galvanik, der Metallverarbeitung, aber auch in Kleidung, etwa in Outdoor-Jacken. Hast du so ein Ding? Ist Sondermüll, wissen nur die wenigsten. Jedenfalls ist die Belastung in deiner Probe außergewöhnlich hoch, und das Zeug ist nicht ohne. Es kann krebserregend sein, gesundheitsschädlich allemal. Wir haben in der Ruhr ein ziemliches Problem damit.«

Sylvia ging sofort dazwischen. »Was für ein Problem? Und kann das mit meiner Probe zusammenhängen?«

»Woher hast du die Probe genau?«

»Die ist aus Iserlohn, wieso?«

»Da dürfte es dieses Problem eigentlich nicht geben. Zumindest nicht in dieser Form. Wir haben eine Konzentration festgestellt, wie wir sie sonst nur in der Ruhr finden, extrem hoch. Sylvia, wenn du mich fragst, lass bloß die Finger von dem Grundstück, da ist was faul.«

16

Der Hof von Maria Meier lag nur wenige Kilometer von seinem Standpunkt entfernt. Er war gespannt auf das Gespräch, vor allem nach dem, was er gerade von dem Bauern erfahren hatte. Wenige Minuten später parkte er an einem Feldweg und ging durch die Wiesen und Äcker. Ihm bot sich das gleiche Bild: idyllisch und eingezäunt. Scheinbar unbemerkt von der Öffentlichkeit hatten sich nicht nur hier die Zäune breitgemacht. Robert beschloss, bald weiter entlang der Ruhr hinunterzufahren, bis nach Essen und Duisburg. Waren auch dort die Wiesen schon eingezäunt?

Wieder zurück am Hof, schellte er. Einen Hofhund, der ihn ankläffte, gab es nicht. Maria Meier öffnete ihm und bat ihn hinein. Sie war ganz in Schwarz gekleidet, hatte die Haare im Nacken zusammengebunden und wirkte gefasst, sie strahlte Disziplin aus.

Nachdem sie ihm Tee angeboten hatte, setzte sie sich auf das Sofa, während Robert in dem wuchtigen Sessel Platz nahm. Kurz machte sich die Angst breit, dass er sich aus dem nie wieder erheben könnte.

»Frau Meier, es tut mir leid, wenn ich Sie stören muss, aber ich habe eine Frage zu den Grundstücken rund um das Ufer.«

»Sie stören nicht, die Vorbereitungen zur Beerdigung sind abgeschlossen. Wie lautet Ihre Frage?«

»Was hat es mit den Zäunen auf sich, wer hat sie aufgestellt?«

»Herr Werner, was haben die Zäune mit dem Tod meines Mannes und dem der anderen zu tun? Ich fürchte, ich verstehe Sie nicht.«

»Können Sie mir sagen, wer sie aufgestellt hat? Die Zäune und die Pumpen auf den Wiesen?«

Robert sah, wie Maria Meier auf dem Sofa hin und her rutschte und den Blick senkte.

»Die Zäune sind Teil eines Geschäftes zwischen uns und einer Agentur. Leider darf ich Ihnen nicht sagen, wer das ist, wir haben vertraglich absolutes Stillschweigen vereinbart.«

»Sie halten sich daran, selbst nach dem Tod Ihres Mannes? Frau Meier, wer hat die Zäune aufgestellt? Und was ist das für eine Agentur?«

»Verstehen Sie doch, Herr Werner, diese Zusammenarbeit sichert das Überleben unseres Hofes, meines Hofes. Wissen Sie, was es bedeuten würde, wenn ich den Hof aufgeben müsste? Was das heißt? Den Hof verlassen? In eine kleine Wohnung in der Stadt zu ziehen? Von Sozialhilfe zu leben?«

Robert holte tief Luft und schwieg, auch wenn es ihm verdammt schwerfiel. Die Witwe war den Tränen nahe und ihr Blick flehte um sein Verständnis. Er stand auf, nickte ihr zu und verließ das Haus. Die Zäune bedeuteten Schweigen.

17

Kommissar Hollunder überflog das Ergebnis der Gerichtsmedizin und schnappte sich die Resultate der Spurensicherung. Dass das Opfer aus kurzer Entfernung erschossen worden war, war ohnehin klar. Auch das gefundene Geschoss bestätigte die Einschätzung des Kriminalisten. Ansonsten war der Mann bis kurz vor seinem Tod kerngesund gewesen, lediglich etwas Alkohol hatte sich in seinem Blut befunden. Dass es sich bei dem Täter um einen Profi handelte – oder zumindest um jemanden, der sehr sorgfältig vorging – belegten alle fehlenden Spuren. Die gefundene DNA von mehreren Personen musste erst noch ausgewertet werden. Seufzend legte der Kommissar das Material auf die Seite. Nichts, was ihm die Arbeit wesentlich erleichtern würde.

Geboren und aufgewachsen war Fred Brüning in

Ückendorf, hatte dort die Schule besucht, Mittlere
Reife, eine Ausbildung zum Maurer gemacht, in dem
Beruf aber nie gearbeitet. Immer wieder unterbrochen
von Phasen der Arbeitslosigkeit, schlug er sich mit
Gelegenheitsarbeiten durch, als Paketzusteller, Bote
oder Hilfsarbeiter. Bis vor fünf Jahren, als er
Cheffahrer bei Teslen wurde. Seine Eltern waren tot,
Geschwister hatte er keine. Auch gehörte er keinem
Verein oder irgendeinem Verband an. Hollunder konnte
nur hoffen, dass die Befragung durch Kasimke etwas
brachte. Es mussten doch Freunde existieren, mit denen
er seine Zeit verbracht hatte. Der Nachbar im Haus, der
den Täter kurz gesehen hatte, war keine Hilfe. Der hatte
tatsächlich nur Interesse an dem Bier gehabt, das er
sich von Brüning erhofft hatte. Er schien sich mit
diesem Getränk über den kompletten Tag zu retten.
Hollunder griff zum Telefon und rief die KTU an.
Vielleicht hatte die Sichtung des sichergestellten
Computers etwas ergeben, auch wenn er sich nicht viel
davon versprach. Aber schon nach den ersten Sätzen
war der Beamte wie elektrisiert.

»Ja, möchte ich alles auf meinem Schreibtisch und in
meinem Postfach haben, so schnell wie möglich. Und
danke dafür!«

Als die Mails aus der KTU eintrafen, ließ sie Hollunder
ausdrucken und machte sich an die Arbeit. Fred
Brüning hatte häufiger Kontakt mit einer Dating-Börse
gehabt. Manche der Mails ließen an Deutlichkeit nichts
zu wünschen übrig. Das konnte eine Spur sein. Aber
nicht unbedingt ein Motiv. Deutlich interessanter war
der Austausch mit einer spanischen Immobilien-
Agentur mit Sitz auf Mallorca. Offensichtlich hatte der
Chauffeur den Kauf eines Hauses auf der Ferieninsel
geplant, und das Interesse war sehr konkret gewesen,

ebenso die Verhandlungen über den Kaufpreis. Rund zweihunderttausend Euro sollte das Häuschen mit einem herrlichen Blick aufs Meer kosten. Es war bereits für Brüning reserviert, für die nächsten Tage hatte er seine Ankunft angekündigt. Dann wollte er, wenn die Angaben der Agentur stimmten, den Kauf perfekt machen.

Verdutzt ließ sich Hollunder in seinen Schreibtischstuhl sinken. Mit welchem Geld? Sie hatten die Finanzen des Toten überprüft, und die waren sehr überschaubar. Außer seinem Gehalt, das mit zweitausendvierhundert Euro brutto nicht sehr üppig ausfiel, hatte er keine weiteren Zahlungseingänge. Und häufiger hatte er seinen Dispo ausgenutzt. Woher wollte der das Geld für das Haus in Spanien nehmen? Und so schnell?

»Mein lieber Herr Gesangsverein«, nuschelte Hollunder, »das ist doch mal interessant.« Von wem konnte er das Geld bekommen? Und warum? Hollunder war sicher, den Schlüssel zur Tat gefunden zu haben.

18

»Bei Schmelter.«Verdutzt hielt Robert den Hörer vom Ohr. Er wollte Jan sprechen, warum meldete sich bei ihm ein anderer Mann?

»Hallo, wer ist denn da?«

»Äh, Entschuldigung, Werner hier, Robert Werner. Ich bin etwas überrascht, ich wollte eigentlich Jan Schmelter sprechen.«

»Kleinen Moment, der kommt gerade.«Robert hörte, wie der Hörer weitergereicht wurde. »Schmelter.«

»Hallo Jan, hier ist Robert. Was ist denn bei dir los? Ich bin gerade etwas durcheinander.«

»Äh, nee, alles in Ordnung, Robert, das war Florian. Was gibt es denn, was kann ich für dich tun?«

Florian, um acht Uhr morgens, und Jan so verlegen. Sollte der etwa ... mit einem Verdächtigen? Zumindest einem Zeugen?

»Nicht so wichtig, ich melde mich später noch mal.« Robert legte auf. Nachdenklich blickte er auf das Telefon, so, als könne es ihm seine Fragen beantworten.

»Das war Robert, ein guter Freund. Wir kennen uns schon eine ganze Zeit, ein netter Kerl. Und mehr nicht.« Jan ärgerte sich, den letzten Satz gesagt zu haben. Er klang nach Entschuldigung, nach Rechtfertigung.

»Hat eine sympathische Stimme, dein Freund. Und jetzt lass uns frühstücken.«

Sie setzten sich an Jans runden Küchentisch, auf dem frische Brötchen und heiße Rühreier auf sie warteten.

»Hm, die habe ich ja lange nicht mehr zum Frühstück gehabt. Danke, Florian.«

»Nicht dafür. Außerdem habe ich wohl ein bisschen was gutzumachen wegen gestern Abend. Tut mir leid.«

»Sei nicht zerknirscht, hattest eben ein bisschen viel getrunken, kann ja mal vorkommen.«

»Ich ärgere mich trotzdem, unseren ersten gemeinsamen Abend hatte ich mir etwas anders vorgestellt.«

Jan streichelte ihm über die Haare und die rechte Wange.

»Ich glaube, wir haben bald einen neuen Versuch«, lächelte er Florian an. »Nur heute nicht, ich muss ins ›Achter Deck‹.«

Florian nickte. »Ich komme auch vorbei, wenn ich im Büro fertig bin. Kann aber spät werden.«

»Du meinst wegen der Kampagne, von der du mir erzählt hast?«

Florian nickte kauend. »Ist jede Menge Arbeit, ich muss mit vielen Leuten sprechen, Vereinbarungen treffen. Delegieren kann ich bei dem Job leider nichts.«

»Sei bloß vorsichtig, dass nichts auf dich zurückfällt, das könnte übel ausgehen.«

»Ich pass schon auf. Und jetzt muss ich los, ist schon spät.« Er zögerte kurz. »Jan, halte dich aus der Geschichte raus. Du und auch deine Freunde. Es könnte ... unschön werden.«

Jan begleitete ihn zur Tür, irritiert von seinen letzten Worten. Sie küssten sich, noch vorsichtig, als könnte etwas zerbrechen.

»Bis heute Abend.«

»Bis heute Abend, Jan. Ich freue mich.«

Jan winkte Florian hinterher. Dabei lächelte er, aber es waren Zweifel in diesem Lächeln. Nachdenklich schloss er die Tür.

19

»Was machst du da?«

»Ein neues Schild, für die Tür. Ich ändere die Öffnungszeiten.«

Robert war sofort nach Jans Anruf ins »Achter Deck« gefahren. Er hockte vor dem Tresen und sah Jan am Laptop zu. Es war diese Stunde, die der zur Vorbereitung nutzte und so liebte. Wenn er allein in seiner Bar war.

»Neue Öffnungszeiten? Du willst doch wohl nicht noch mehr arbeiten?«

»Weniger, Robert, weniger. Über Mittag bleibt es nach wie vor geöffnet, das Geschäft kann ich mir nicht entgehen lassen. Aber von zwei Uhr an ist nichts los, dann schließe ich künftig und mache erst um fünf wieder auf. Das sind drei Stunden mehr für mich, jeden Tag.«

»Gut so, gönn dir den Luxus. Du arbeitest sowieso zu viel. Aber das ist wohl nicht die Info, wegen der du mich angerufen hast, oder?« Robert grinste seinen Freund spöttisch an.

»Nein, und auch nicht Florian. Ich weiß doch, dass du vor Neugier platzt, mein Freund, seitdem er sich heute Morgen am Telefon gemeldet hat. Ja, er hat heute Nacht bei mir geschlafen. Aber mehr auch nicht«, setzte Jan seufzend nach.

»Wie, du meinst ...«

»... dass da nichts gelaufen ist, leider. Florian war ziemlich betrunken, er hat eine Vorliebe für schottischen Whisky.«

»Was ist denn mit dem los? Der besäuft sich an eurem ersten gemeinsamen Abend?«

»Tu bloß nicht so, als würde es dir leidtun, mein immer noch leicht eifersüchtiger Freund«, lächelte Jan und sah Robert an. »Du bist kein guter Schauspieler. Florian war schon leicht angesäuselt, als er in die Bar kam. Hier hat er noch mehr getrunken und bei mir auch. Klar war ich enttäuscht und heute werden wir weitersehen. Sollte er wieder trinken, werde ich sofort einiges klarstellen. Aber er hat viel erzählt, Robert, sehr viel. Über Teslen und was die wirklich vorhaben.«

»Da bin ich aber mal gespannt. Was wollen die denn?«

»Ganz einfach, Wasser verkaufen. Sehr viel Wasser, ihr eigenes.«

»Wie jetzt, ich dachte, damit hätten die nichts zu tun?«

»Haben sie auch nicht, zumindest nicht direkt. Aber sie haben über eine Tochterfirma, die wiederum an einer anderen Firma beteiligt ist, eine Abfüllanlage gekauft. Und die soll eine eigene Mineralwassermarke anbieten. Soll nicht ganz billig werden, die Plörre. Und was glaubst du, ist der Inhalt der Flaschen? Na, Herr Detektiv?«

»Ich fasse es nicht. Du meinst ...«

»Genau, mein Freund, es ist das Wasser, das sie auf den Grundstücken der betroffenen Landwirte abpumpen. Und das nicht nur ein bisschen. Die pumpen so viel ab, dass nichts mehr übrig bleibt.«

»Aber warum dieses Versteckspiel? Warum steigen die nicht ganz offen in den Markt ein?«

»Weil sie sich für ganz besonders clever halten. Oder dreist. Oder doch eher skrupellos. Denn Teslen sorgt erst einmal dafür, dass das Wasser der Ruhr in einem ganz schlechten Licht dasteht.«

»Bitte? Wofür denn das?«

»Das, mein lieber begriffsstutziger Freund, wollte ich dir gerade erklären. Denn das Auftreten dieser Firma während der PFT-Prozesse passt durchaus ins Bild. Du erinnerst dich? Das waren die einzigen aus dem Ruhr Verein, die die Öffentlichkeit gesucht haben. Es ist ganz einfach: Die wollen die Ruhr als mit hochgiftigen Chemikalien verseuchte Brühe darstellen. Wer trinkt daraus noch Wasser? Leitungswasser? Und Florians Aufgabe ist es, diese Kampagne ganz gezielt voranzutreiben, mittels intensiver Lobbyarbeit, offen und verdeckt. Über eine Tochterfirma haben die sogar ein eigenes Labor. Und das – wen wundert's – liefert immer die passenden wissenschaftlichen Beweise für deren Kampagnen.«

»Kein Wunder, dass der säuft.«

»Mehr fällt dir dazu nicht ein?«

»Sorry, Jan, aber ist doch so. Und den ganzen Krempel veranstalten die nur, um später mehr von ihrem eigenen Wasser zu verkaufen?«

»Klar, die Firma, die die Sauereien angeblich aufdeckt und sich fürsorglich um die betroffenen Landwirte kümmert, liefert ein astreines Naturprodukt – die müssen ja schließlich wissen, worauf sie bei der Herstellung von Mineralwasser achten müssen.«

»Mal ganz abgesehen davon, dass ich keine Bedenken habe, Leitungswasser zu trinken: Es gibt doch schon so viele Mineralwasser-Marken, da fällt eine mehr doch gar nicht auf.«

»Doch, fällt sie, mein Freund. Du kaufst dein Wasser auch kistenweise und bedienst dich nicht am Wasserkran. Es muss sich der richtige Gedanken im Kopf des Käufers fest- setzen: Das sind doch die, die für sauberes Wasser und die Landwirte gekämpft haben. Darum geht es, mein Freund, nur darum.«

Robert schwieg. Darum hatte er sich noch keine Gedanken gemacht. Hätte er aber machen müssen bei der Frage »Warum?« Er räusperte sich leise.

»Alles, was dein Florian erzählt hat, mag vielleicht etwas anrüchig sein. Aber ich kann daran nichts Illegales erkennen. Und schon gar kein Motiv, die Landwirte um die Ecke zu bringen.«

»Ehrlich nicht? Dann bist du naiver, als ich dachte. Und wenn die Bauern alles aufdecken, ihre Verträge öffentlich machen wollten? Außerdem ist er nicht *mein* Florian.«

»Ich geh jetzt besser.«

Robert stand auf, sah Jan nicht an und ging zur Tür, die er etwas zu schwungvoll öffnete. Was bildete sich dieser Idiot eigentlich ein? Wer war denn hier naiv? Er oder Jan, der sich mit einem besoffenen und widerlichen Mann einließ? Und dann auch noch alles brühwarm ausplauderte? Arschloch! Wütend setzte er sich ins Auto und fuhr los.

Drei »Vollidiot« und zwei Stinkefinger später war er zuhause. Kaum stand er in seiner Wohnung, schellte sein Handy. Jan. Er drückte ihn weg. Er hatte keine Zeit, er musste Wichtigeres erledigen. Nachdem er sich eine Kanne Kaffee gemacht hatte, setzte er sich an seinen Rechner. Wasser. Er musste alles über Wasser wissen.

20

»Ja, gerne. Ich freue mich auch.«Sylvia. Sie hatte heute Abend Zeit und wollte spontan zu ihm kommen. Obwohl seine Gedanken ums Wasser kreisten, musste er noch etwas zu Essen besorgen. Für ein raffiniertes Rezept hatte er weder Zeit noch Lust. Er schnappte sich seine Jacke und ging zum Supermarkt wenige hundert Meter weiter. Er würde etwas Geschnetzeltes machen, mit einer Sahnesauce, etwas Gemüse und Reis. Einfach, schnell und lecker. Dazu einen guten Rotwein. Nein, einen Weißen.

Nur wenige Minuten später stand er in der Küche und bereitete alles zu. Sollte er noch Jan anrufen? Sich entschuldigen? Ja, aber nur, wenn der sich auch entschuldigte. Er sah auf die Uhr, schon nach sieben. Falscher Zeitpunkt, jetzt hatte er in der Bar bereits alle Hände voll zu tun. Dann eben morgen.

»Kindskopf.«Überrascht sah er Sylvia an. Jetzt sie auch noch! Aber ihr Lächeln und ihre warmen Augen ließen den aufkommenden Ärger schnell wieder versinken. Er hatte ihr von dem Gespräch mit Jan erzählt und von dem Ende, das es genommen hatte.

»Aber sehr interessant, was dieser Florian erzählt hat. Was glaubst du, wird das was mit den beiden?«

Typisch Frau. »Das ist mir gerade ziemlich egal, Sylvia. Ich überlege, wie wir diese Informationen verwerten können.«

Typisch Mann. »Aber er ist dein Freund, Robert, und Florian scheint ihm nicht egal zu sein. Und da ist noch ein anderer Gedanke: Was, wenn er hinter den seltsamen Unfällen steckt? Es könnte sein. Schließlich führt er die Kampagne.«

Robert erschrak bei dem Gedanken. Hatte dieser verliebte Idiot auch daran gedacht? Er musste ihn anrufen. Nein, eine SMS würde reichen.

»Schon mal dran gedacht, dass dein sauberer Florian hinter den Morden stecken könnte?« Er drückte auf den Senden-Button. Nach einer kurzen Pause schrieb er eine weitere SMS: »Pass auf dich auf.«

»Ich habe ihn kurz gewarnt. Übrigens existiert diese Kampagne offiziell gar nicht. Es gibt nichts Schriftliches darüber und auch keine direkten Weisungen des Geschäftsführers, nur vage Formulierungen. Sollte die Sache auffliegen, weiß der Schmidt von nichts.«

»Widerwärtig. Aber du hast vorhin gesagt, dass du noch mehr über Teslen rausgefunden hast.«

»Ja, die sind weltweit aktiv, im Lebensmittelgeschäft. Zur Zeit konzentrieren die sich aufs Wasser. Das ist für die eine Handelsware wie alle anderen auch. Der Chef des Konzerns behauptet sogar, dass die Menschen kein allgemeines Recht auf Wasser hätten.«

»Und was kommt als Nächstes? Wollen die auch noch Luft verkaufen? Muss ich mir eine Lizenz zum Atmen leisten können?«

»So ähnlich«, schnaubte Robert verächtlich. »In Pakistan ist es so mit dem Wasser gelaufen. Die kaufen Land, pumpen das Wasser ab und füllen es in Plastikflaschen. In den öffentlichen Brunnen finden die Dorfbewohner nur noch eine übel riechende Brühe. Also sind sie gezwungen, für viel Geld abgefülltes Wasser zu kaufen. Wasser, das unter ihren Füßen weggepumpt wird.«

»Schrecklich«, antwortete Sylvia leise. »Aber die Leute dort sind bitterarm, die können sich nicht wehren. Bei uns ...«

»... wäre das nicht möglich, meinst du? Oh doch, genau das passiert in den USA. Zum Beispiel im Bundesstaat Maine. Dort haben sie Land gekauft, viel Land, alles Quellgebiete. Und Pumpen aufgestellt. Dort gilt das Recht der stärksten Pumpe. Wenn dir Land gehört, kannst du so viel Wasser abpumpen, wie du willst. Völlig ohne Rücksicht auf deine Nachbarn. Das Wasser wird in Tankwagen abtransportiert, abgefüllt und verkauft. Widerstand? Klar, den gibt es, in Dörfern und Städten. Teslen hält dagegen, mit einem Heer von Anwälten, Lobbyisten und PR-Beratern. Solch gewissenlosen Arschlöchern wie diesem Florian«, redete sich Robert in Rage.

»Wenn er gewissenlos wäre, hätte er kein Alkoholproblem.«

»Zumindest verdient er mit seinem Job so gut, dass er sich sein Restgewissen mit teurem Talisker wegschießen kann.« Robert machte eine kurze Pause und drehte sich eine Zigarette. »Rund neun Milliarden Euro haben die allein mit abgepacktem Wasser umgesetzt. Sylvia, die machen nichts anderes, als sich die Rechte am Wassermarkt der Zukunft zu sichern.

Auch hier, bei uns vor der Haustür.«

Nachdenklich blickte Sylvia aus dem Fenster.

»Ja, ich habe auch immer gedacht, Wasser wäre selbstverständlich und für alle da. Aber das ist naiv, Sylvia. In etlichen Gebieten der Welt wird es Kriege ums Wasser geben, es wird teurer als Gold gehandelt werden. Und in manchen Gebieten ist es schon so selten wie das Edelmetall.«

»Und wenn es um so viel Geld geht ...«, flüsterte sie.

»... sind ein paar Morde nicht von Bedeutung«, nickte Robert.

21

»Kollegen, die Sache nimmt langsam Dimensionen an, denen ist selbst die Detektei Flöz Vier nicht gewachsen.« Mannis Kommentar zu Jans und Roberts Berichten fiel kurz und knapp aus. »Und ihr beiden Idioten vertragt euch jetzt wieder. Jan ist verliebt und unglücklich und du ein gekränkter eifersüchtiger Holzkopf, Robert.«

Den aufkeimenden Protest der beiden wischte er mit einer herrischen Armbewegung weg. »Ich bestelle uns jetzt drei Schnaps, die kippen wir runter. Ja, auch du, Jan. Dann gehe ich für zwei große Bier an die Theke. Und wenn ich zurückkomme, will ich neben einem weiteren Bier vor allem zwei Freunde wiedersehen, die den ganzen Quatsch besprochen und abgehakt haben. Und jetzt Prost, Leute!«

Manni nahm eines der Pinnchen, die Inge vor sie hingestellt hatte, und hielt es abwartend in die Höhe.

Dabei sah er Jan und Robert herausfordernd an. Zögernd nahmen die ebenfalls die kleinen Gläser, dann stieß Manni mit ihnen an. »Nich lang schnacken, Kopp in Nacken«. Er stürzte den Schnaps hinunter, knallte das Pinnchen auf den Tisch und sah belustigt zu Jan, der sich nach dem Schnaps schüttelte und den Mund verzog. »So, und jetzt geht Vatti an die Theke. Bis gleich!« Sprachlos ließ er Robert und Jan zurück.

Es war Jan, der das Eis brach. »Scheußlich, dieser Schnaps. Wie kann man so etwas nur trinken?«

»Manchmal hilft es«, zuckte Robert die Schultern. »Übrigens, es tut mir leid, dass ich so aus deiner Bar ...«

»Geschenkt, lass es einfach. Ich war auch nicht fair zu dir, das mit dem naiv und so. Aber ich weiß auch nicht, was los ist, wie ich mich verhalten soll.«

»Liebst du ihn?«

»Keine Ahnung, Robert«, seufzte Jan. »Ja, ich mag ihn sehr. Aber ich habe keine Lust, etwas mit einem anzufangen, der keine Lust am Leben hat. Den sein Job so bedrückt, dass er jeden Abend trinkt. Florian hat auch seine fröhlichen Seiten, er ist kreativ und intelligent. Aber dominiert wird er von dem beruflichen Druck, und das ist verdammt schade. Übrigens«, räusperte sich Jan, »hat Manni recht mit der Eifersucht?«

Jetzt war es Robert, der tief Luft holte.

»Keine Ahnung.« Er lehnte sich zurück und schloss die Augen. »Ja, ein bisschen. Ich will einfach nicht, dass du unglücklich wirst. Dass du dich an diesen Typen verschleuderst. Noch dazu an einen, der ganz tief in unserem Fall steckt. Der vielleicht hinter den Morden steckt.«

»Das glaubst du doch selber nicht. Dieser Schmidt ist es, der dahintersteckt. Der ist eiskalt, nicht Florian. Oder willst du einfach nicht, dass sich etwas ändert?«

Robert blieb einen Moment ruhig. »Kann auch sein.«

Jan nahm Roberts Hand und umschloss sie mit seinen. »Ich danke dir. Und es ist mir sehr wichtig, was du darüber denkst.«

»Ah, die Täubchen kuscheln ja wieder miteinander«, lachte Manni, setzte sich an den Tisch und rülpste.

Jan verzog angewidert das Gesicht. »Jetzt sag nicht, du hast in der Zeit zwei große Bier getrunken.«

»Und einen Schnaps. Sturztrunk, mein Freund, ich hab nicht viel Zeit. So, und jetzt bestellen wir noch eine Runde, dann geht es ab in die Heia.«

Robert grinste nur und hielt Manni sein leeres Glas hin.

22

Der Anruf der KTU weckte in Hollunder das Jagdfieber. »Ich komme sofort rüber.«

Schnell verließ er sein Büro und wechselte zwei Stockwerke höher zu seinem Kollegen, der ihn bereits erwartete.

»Hier, haben wir in einem Ordner gefunden, nur durch ein einfaches Passwort gesichert, kein Problem.« Der rundliche Beamte klickte doppelt auf den Dateiordner und ließ sich in der Vorschau den Inhalt anzeigen. Es waren Fotos. Fotos von jungen Mädchen.

»Die sind aber verdammt jung«, staunte Hollunder. »Was meinen Sie? Dreizehn, vierzehn?«

»Wenn überhaupt«, knurrte der Mann von der KTU. »Aber die Datumsangaben zu den Fotos können nicht die Geburtsdaten sein, sie liegen alle in den vergangenen drei Jahren.«

Hollunder nickte. Auf jedem Foto war per Bildbearbeitung in roter Schrift ein Datum eingefügt. Sonst nichts.

»Haben Sie auf dem Rechner noch weitere Informationen zu den Fotos gefunden? Etwas, das auf ihren Ursprung hin- weist?«

Der Beamte lehnte sich zurück und schüttelte den Kopf. »Nein, außer diesen Fotos haben wir nichts Verdächtiges gefunden. Aber ich vergleiche als Nächstes die Metadaten der Bilder, mal schauen, ob die Aufnahmedaten mit den eingefügten übereinstimmen.«

Hollunder machte sich nicht die Mühe zu fragen, was Metadaten waren und wo man sie fand.

»Dauert das lange?«

»Eine Sache von wenigen Minuten. Setzen Sie sich, den Weg zurück in Ihr Büro können Sie sich sparen, gleich wissen wir mehr.«

Hollunder setzte sich und sah zu, wie der Mann mit Maus und Tastatur die Informationen über die Fotos suchte.

»Bingo, sie stimmen bei allen Fotos überein. Das Aufnahmedatum ist in allen Fällen mit dem eingefügten

Datum identisch.«

»Aber warum hat sich der Mann dann die Mühe gemacht?«

»Weil er wahrscheinlich genau wie Sie nicht wusste, wie man Metadaten abruft. Wie wollen Sie weiter vorgehen?«

»Zuerst werde ich die Kollegen von der Vermisstenabteilung bitten, die Fotos abzugleichen. Und dann noch die Beamten von der Sitte, vielleicht haben sie die schon mal gesehen.«

»Gute Idee. Soll ich die Bilder sofort weiterleiten?«

»Gerne, umso schneller habe ich Informationen, hoffe ich.«

Der Anruf ließ nicht lange auf sich warten.»Kowalski von der Sitte. Haben Sie ein paar Minuten Zeit? Wir haben Übereinstimmungen gefunden.«

»Bin sofort bei Ihnen.«Hollunder wusste nur, in welcher Etage sich die Sitte befand, das Büro des Kollegen würde er schon finden. Nach nur drei Türen hatte er Erfolg. Er klopfte und trat nach einem kräftigen »Herein« ein. Der Mann hinterm Schreibtisch war das Gegenteil von dem in der KTU. Schlank, fast drahtig, kurz geschorene Haare. Aber ein ebenso freundliches Lächeln.

»Das ging ja flott. Nehmen Sie Platz. Drei der Mädchen haben wir in unserer Datei gefunden, ich habe Ihnen die Akten schon ausdrucken lassen.«

Mit langen Vorreden hält der sich nicht auf, dachte Hollunder und griff nach den Schriftstücken. Er blätterte sie neugierig durch. Tatsächlich, die Fotos stammten mit denen aus dem Computer von Fred Brüning überein.

»Ich kann den Inhalt kurz zusammenfassen«, kam der Mann von der Sitte Hollunders Bitte zuvor. »Ob die Namen stimmen, wissen wir nicht. Alle drei scheinen aus Rumänien zu stammen.«

»Menschenhandel?«

»Scheint so. Aufgelesen haben wir die drei in kurzen Abständen am Dortmunder Hauptbahnhof. Dann das Übliche: Übergabe ans Jugendamt, Unterbringung im Kinderheim oder einer entsprechend betreuten Wohnung und die erste Gelegenheit genutzt, um abzuhauen. Ich bin mir sicher, dass sie jetzt an irgendeinem anderen Bahnhof in Deutschland zu finden sind.«

»Und der Nachschub schon ihren Platz eingenommen hat«, schloss Hollunder bitter.

»Mit Sicherheit, der Markt in Rumänien ist riesig, die Banden gut organisiert und den Kunden hier ist es völlig egal, woher die Mädchen kommen. Hauptsache jung und billig.«

Hollunder bedankte sich, nahm die Akten und ging zurück in sein Büro. Wen könnte Fred Brüning damit erpresst haben? Ihm fiel nur eine Person ein, die in dessen sehr überschaubaren Bekanntenkreis über genug Geld verfügte: Thorsten Schmidt, Brünings Chef. Morgen würde er diesem arroganten Fatzke die Fotos auf den Schreibtisch knallen.

»Schönen guten Morgen, Herr Kommissar!«Fröhlich lächelnd betrat Robert das Dienstzimmer am Wildenbruchplatz. Er reichte dem misstrauischen Kriminalisten die Hand und setzte sich, nachdem Hollunder auf den Stuhl vor seinem Schreibtisch gewiesen hatte.

»Herr Werner, Sie hatten um dieses Gespräch gebeten«, kam der Beamte sofort zur Sache. »Ich nehme an, Sie wollen mit mir über die toten Landwirte sprechen.«

»Und über einen toten Chauffeur«, gab Robert zurück. Er bemerkte ein leichtes Zucken im rechten Augenwinkel seines Gegenübers. Damit hatte er wohl nicht gerechnet. »Aber vor allem möchte ich mit Ihnen über einen Informationsaustausch sprechen.«

»Ihnen ist schon klar, dass wir als ermittelnde Behörde keine Informationen weitergeben dürfen – selbst wenn wir es wollten«, gab er spöttisch zurück.

»Herr Kommissar, es gab kurz nacheinander drei tote Landwirte«, bilanzierte Robert, ohne auf Hollunders Bemerkung einzugehen, »einer davon war mein Auftraggeber. Der war felsenfest davon überzeugt, dass seine Kollegen ermordet wurden. Kurz danach starb er selbst. Und auch seine Witwe schwört, dass es kein Unfall gewesen sein könne.«

»Glauben und Überzeugungen spielen bei meiner Arbeit keine Rolle, Herr Werner.« Hollunder lehnte sich zurück. »Entscheidend sind Fakten. Und ohne auf die Ermittlungsergebnisse einzugehen: In allen drei Fällen fand sich kein Anhaltspunkt für ein Verbrechen. Keine Gewalteinwirkung, keine fremden Reifenspuren, keine Morddrohungen, ganz zu schweigen von Zeugen, die etwas Verdächtiges gesehen haben. Selbst die

Angehörigen, die in zwei Fällen nur wenige Meter von den Tatorten entfernt waren, konnten keine relevanten Aussagen machen.«

»Und doch kommt Ihnen die Sache auch Spanisch vor, zumindest in einem Fall. Bei meinem letzten Besuch lag noch die Akte von Wilfried Thomzyk auf Ihrem Schreibtisch, obwohl Sie den Fall bereits seit einiger Zeit abgeschlossen haben, wie Sie seiner Witwe sagten.« Triumphierend wartete Robert auf eine überraschte Reaktion des Kommissars. Aber der lächelte ihn nur mitleidig an.

»Wollen Sie mir mit Ihrer Beobachtungsgabe imponieren, Herr Werner? Meinen Sie nicht auch, dass die Akte vielleicht deshalb hier noch lag, weil sie formal noch nicht abgeschlossen war? Manchmal finde ich einfach keine Zeit dazu. Dann muss ich nämlich ermitteln. Oder nicht zielführende Gespräche führen, Herr Werner. War es das?«

Ich muss mehr auf meinen Schreibtisch achten, nahm sich Hollunder vor, nachdem sein Besucher ziemlich angesäuert das Büro verlassen hatte.

23

»Baden verboten«, warnte das Schild, neben dem Hermann Krause seine Decke ausbreitete. *Da sollte lieber draufstehen »Einleiten verboten«,* dachte der Ingenieur für Wasserwirtschaft.

Die Stelle, an der er es sich am Lennestrand gemütlich machte, lag unweit seines Büros. Wie so oft nutzte er eine halbe Stunde nach Feierabend, um ein erfrischendes Bad zu nehmen. Wenn es denn warm genug war, so wie heute, zum ersten Mal in diesem Jahr. Allerdings musste er seinen schönen Platz bald räumen. Vor Kurzem war auf der anderen Uferseite die Lennepromenade eröffnet worden und durch die voranschreitenden Rodungsarbeiten für den Radweg würde er demnächst wie auf dem Präsentierteller liegen. Und das Schild hätte man sich sparen können, hier trieb sich sowieso kein Mensch herum. Deshalb war er auch nicht besonders vorsichtig, als er über die Kiesel langsam ins noch kalte Wasser ging. Eben weil hier niemand war, konnte er auch nicht in herumliegende Scherben treten.

Schon bald reichte ihm das Wasser bis zur Hüfte und schnürte ihm die Luft ab. War es letztes Jahr um diese Zeit auch noch so kalt gewesen? Egal, er würde noch wenige Schritte weitergehen, um dann kurz unterzutauchen. Schwimmen war zu gefährlich, schon wenige Meter weiter war die Strömung ziemlich stark. Wie stark, wollte er nicht testen. Vorsichtig ging er einen kleinen Schritt weiter, als es ihm plötzlich die Beine wegriss. Das kalte Wasser schlug über ihm zusammen, instinktiv hatte er seinen Mund geschlossen und strampelte, wollte aufstehen. Stattdessen tauchte er tiefer ab, konnte seine Beine nicht bewegen. Er stützte sich mit den Händen auf dem Grund ab. Erst jetzt begriff er, was passierte: Jemand umklammerte seine Beine, hielt sie mit aller Gewalt hoch. Panisch trat und strampelte er, um sich aus der Umklammerung zu befreien. Er spürte, wie der Mann ins Wanken kam, aber die Umklammerung ließ nicht nach. Wieder und wieder stemmte er sich vom Boden ab, wollte nach Luft schnappen, aber das Wasser war zu tief. Er bäumte sich noch einmal auf, legte alle Kraft in seine Beine, trat nach seinem Gegner, zog die Knie ruckartig an. Er schaffte es nicht, sich auf die Seite zu drehen, der Mann hielt seine Beine mit aller Kraft fest. Luft, er brauchte Luft, verdammt! Er stieß sich vom Boden ab, riss den Mund auf, um zu atmen. Aber er schaffte es nur bis kurz unter die Wasserlinie. Er spürte, wie die Lenne in ihn drang, das Wasser seine Lungen flutete. Dann ließ der Mann seine Beine los.

24

Verdammt, hätte der sich nicht hundert Meter weiter verheddern können? Warum hier, in diesen Ästen, die in die Lenne tauchten? Nur etwas weiter, dann wäre der Tote ein Fall für die Kollegen aus Hagen-Hohenlimburg gewesen. Jetzt hatte Hauptkommissar Axel Meyer die Leiche am Hals. Noch war sie allerdings im Wasser, die Spurensicherung machte Fotos. Gleich, am Ufer, würde der Gerichtsmediziner einen ersten Blick auf sie werfen. Mit verwertbaren Informationen rechnete er nicht vor morgen.

Hoffentlich nur ein Badeunfall, dachte Meyer. »Wer hat ihn gefunden?«, wollte er von einem der uniformierten Kollegen wissen, die als erste vor Ort gewesen waren.

»Die beiden da«, sagte die blonde Polizistin und zeigte auf zwei ältere Leute, »beziehungsweise deren Hund.«

»Konnten die etwas sagen?«

»Nein, der Hund ist die Böschung runtergelaufen und hat gebellt. Vom Weg oben konnten wir nur erkennen, dass unten jemand im Wasser lag, mehr nicht. Und die beiden sind die Böschung bestimmt nicht runter.«

Meyer nickte der Kollegin zu. »Ich nehme an, Sie haben die Personalien schon aufgenommen?«

»Natürlich, aber viel Erhellendes werden die alten Leute nicht beitragen können.«

Mittlerweile hatten die Männer der Spurensicherung den leblosen Körper auf eine Bahre gehievt und sie auf dem oberen Weg gebracht. Der Bereich war abgesperrt, neben den beiden alten Leuten waren es drei Jugendliche mit Fahrrädern, die das Geschehen beobachteten. Einer hatte sein Handy rausgeholt und filmte alles.

»Hey«, zischte Meyer in Richtung der Uniformierten, »unterbinden Sie das.«

Die setzten sich unverzüglich in Marsch und gingen auf den Jugendlichen zu. Der roch den Braten, schnappte sich sein Fahrrad und war verschwunden.

»Na super«, seufzte Meyer, »dann können wir uns gleich alles auf Facebook ansehen.«

Mittlerweile hatte sich der Gerichtsmediziner den Toten angesehen.

»Ich weiß, es ist viel zu früh, aber ist irgendetwas Auffälliges an dem Mann?«

»Etwas, das nicht auf einen Badeunfall hindeutet?«, grinste ihn der Mittvierziger an. »Ja, die Unterschenkel werde ich mir sehr genau ansehen, neben allen anderen Punkten. Aber das geht erst, wenn ich ihn auf meinem Tisch habe.«

»Sie rufen mich an, wenn Sie etwas wissen?«Der Arzt nickte.Meyer schaute auf die Uhr. Er hatte seit einer guten Stunde Feierabend, und den würde er jetzt machen. Hier gab es nichts mehr zu tun, die Leiche würde abtransportiert und der Tatort aufgelöst werden.

Er winkte den Streifenbeamten zu und setzte sich in Bewegung. Dann stoppten ihn die Polizisten.

»Offensichtlich haben wir die Kleidung des Toten gefunden, nur zwei- bis dreihundert Meter von hier, auf einer kleinen Kiesbank, direkt am Ufer«, freute sich die blonde Polizistin.

»Feierabend ade«, knurrte Meyer und winkte dem Team der Spurensicherung. »Der Abend vor dem Fernseher muss noch warten«, enttäuschte er die Leute, »wir müssen noch mal ran.«

Meyer beschloss, den kurzen Weg entlang der Lenne zu Fuß zu gehen. Seinen Dienstwagen würde er später holen. »Leichen machen nur Ärger«, fluchte er.

»Er war so freundlich und hatte sein Portemonnaie samt Ausweis dabei«, begann sein Kollege Achim Reichelt und gab Meyer eine Klarsichthülle mit einer schwarzen Geldbörse. »Damit ist zumindest die Identifizierung schnell erledigt. Der Rest wird sich zeigen.«

Hauptkommissar Meyer nickte seinem Kollegen zu, der das Büro bereits wieder verließ. Dann schnappte er sich die dünne Akte. Hermann Krause, neunundvierzig Jahre alt, verheiratet, keine Kinder. Das wusste er bereits, denn zusammen mit einem Geistlichen hatte er der Witwe, einer attraktiven Brünetten, gestern noch die Todesnachricht über- bracht. Aktenkundig war der Mann nicht, keinerlei Einträge, noch nicht mal im Flensburger Zentralregister. Ein unbescholtener Mann, arbeitete seit Beendigung seines Studiums in der Kläranlage des Ruhr Vereins. Meyer lächelte grimmig. Ein Ingenieur für Wasserwirtschaft, ertrunken in dem

Fluss, an dem er arbeitete. Über alles Weitere würde er mit der Witwe sprechen. Wenn es denn nötig sein sollte und der Mann nicht doch beim Baden ertrunken war.

Diese Hoffnung verflog schnell. Der Anruf des Gerichtsmediziners erreichte ihn wenige Minuten später.

»Ja, ich komme vorbei.« Axel Meyer machte sich auf den Weg in die Pathologie. Der Arzt erwartete ihn bereits.

»Es sollte wohl wie ein Unfall aussehen. Aber das Opfer hat sich gewehrt, heftig gewehrt. Schauen Sie auf diese Druckstellen und Hämatome an den Waden und in den Kniekehlen. Da hat jemand mit großer Kraft zugedrückt und gehalten. Und sein Opfer muss nicht weniger stark gewesen sein. Sogar das Kreuzband im rechten Knie hat er sich dabei gerissen. Es muss ein heftiger Kampf gewesen sein. Die Untersuchungsergebnisse des Blutes stehen noch aus. Eins ist aber sicher, Herr Hauptkommissar: Der Mann wurde ertränkt.«

25

»Ich habe mich anders entschieden, Kasimke, wir brauchen mehr Indizien. Spätestens wenn der Schmidt sich einen Anwalt nimmt, zerpflückt der uns in der Luft. Nur mit Fotos von minderjährigen Kindern kommen wir dem nicht bei. Der knickt nicht ein.«

»Was planen Sie denn, Chef?«, fragte der Hauptmeister verwirrt.

»Klassische Polizeiarbeit, Kasimke. Ich bitte die

Kollegen in Dortmund um Amtshilfe. Ich möchte, dass die mit den Fotos der Mädchen, von Fred Brüning und auch von Thorsten Schmidt den Bahnhof abklappern. Fragen, ob und wann sie gesehen wurden.«

»Meinen Sie ehrlich, Chef, die Leute vom Bahnhof sagen was, selbst wenn sie sie gesehen haben?«

Hollunder nickte. Er hatte einen der wenigen hellen Momente von Kasimke erwischt. »Könnte passieren, ist sogar eher wahrscheinlich. Von denen will kaum jemand mit der Polizei zu tun haben. Aber vielleicht haben wir Glück und wir finden trotzdem einen. Oder die Kollegen von der Bundespolizei können uns weiterhelfen, die Fotos liegen ihnen bereits vor. Eine andere Chance haben wir nicht. Aber ich bin sicher, dass der Schlüssel zu dem Mord bei Thorsten Schmidt liegt.«

»Und zu den anderen Todesfällen?«, fragte der Hauptmeister unsicher.

»Auch zu denen, Kasimke, auch zu denen.«

26

Er musste untertauchen. Für ein paar Tage, mindestens. Die Sache war schiefgelaufen, das hätte nicht passieren dürfen. *Selbst Schuld, wenn du anderen vertraust*, dachte er bitter. Möglich, dass ihn jemand vom anderen Ufer aus gesehen hat. Von dem Ufer, von dem aus er sich unter Wasser genähert hatte, drohte keine Gefahr. Dort gab es keine Zeugen. Es wäre alles nach Plan gelaufen, wenn das Wasser wirklich so tief gewesen wäre, wie es sein Auftraggeber gesagt hatte. Dann wäre er unsichtbar geblieben. Aber so musste er auftauchen, um die Sache zu Ende zu bringen, mehrere Minuten lang. Er lächelte. Es war ein guter Kampf gewesen, ein Todeskampf. Sein Opfer hatte sich mit allen Kräften gewehrt. Aber er hatte gesiegt. Seine Arme und sein Wille waren stärker gewesen.

Es war unwahrscheinlich, dass er bei der Tat beobachtet worden war. Und selbst wenn, hätte ihn ohne Fernglas niemand identifizieren können. Er hatte keinen der Männer erkennen können, als er auf die andere Seite des Flusses gewechselt war und die Arbeit der Polizisten beobachtet hatte. Er brauchte sich keine Sorgen machen. Trotzdem war es besser, einige Zeit im Verborgenen zu bleiben. Morgen würde er eine kleine Wohnung auf der anderen Straßenseite anmieten. Neben dem Leihhaus standen welche leer. Es war kein Problem, in der Weberstraße eine Wohnung zu bekommen. So konnte er seine eigene Wohnung im Blick behalten. Beobachten, ob sie observiert wurde. Oder Leute klingelten, denen man den Bullen schon von Weitem ansah. Eine oder zwei Wochen würden reichen. Viel brauchte er nicht in der anderen Wohnung, ein Feldbett und einen Schlafsack. Vor allem seinen Feldstecher samt Stativ. Erst wenn er sicher war, dass niemand ihn suchte, würde er den nächsten Auftrag annehmen. Und der würde kommen, todsicher.

27

»Ich vermisse mein Taxi.« Manni hatte die Arme vor der Brust verschränkt und lehnte sich in Roberts Küchenstuhl.

»Ist ja nicht mehr lange. Soll ich ein bisschen

Händchen halten?«

»Arschloch. Der Job ist stinklangweilig. Mittlerweile kann ich dir fast Tag für Tag sagen, wann der wohin fährt. Ich dachte, so ein Geschäftsführer hätte nicht ganz so viel Routine im Arbeitstag. Pustekuchen, fast jeden Tag dasselbe.«

»Und meistens geht's zum Ruhr Verein?«, fragte Robert, der die Antwort schon wusste.

Manni nickte zur Bestätigung. »Und nie erfahre ich, worum es bei den Treffen geht. Auch die anderen nicht. Wahrscheinlich hat der Schmidt ein Schweigegelübde abgelegt«, schnaubte er verächtlich.

»Und privat? Hat er da mal was erzählt? Ihr kennt euch jetzt doch schon einige Zeit.«

»Nix, gar nix. Hinfahren, zurückbringen, mehr nicht. Auch abends habe ich jetzt meine Ruhe. Der lässt sich jetzt ein Taxi kommen, wenn er abends noch einen Termin hat, hat die Sekretärin gesagt. Robert, der Job ist sinnlos geworden, wenn ich nichts über den Schmidt und seine Machenschaften erfahre.«

Robert sah Manni die Unzufriedenheit an. Noch nicht einmal die Spaghetti mit der selbst gemachten Sauce hatte er angerührt.

»Ist doch nicht mehr lange, Kollege, halte durch.«

»Ich mache es auch nicht mehr lange, dann schmeiße ich die Brocken hin. Wie sieht es denn bei dir aus, was hast du rausgefunden?«

»Es gibt einen weiteren Toten«, berichtete der. »Dieses Mal nicht in Gelsenkirchen oder Bochum, sondern in Iserlohn.«

»Iserlohn? Wieso das denn und was haben wir damit zu tun?«

»Bei dem Toten handelt es sich um einen Ingenieur für Wasserwirtschaft, der in einer Kläranlage des Ruhr Vereins gearbeitet hat. Es ist ein Bekannter von Sylvia. Sie hat bei ihm eine Wasserprobe analysieren lassen. Sie stammt aus der Lenne und weist verdammt hohe PFT-Werte auf. Die Untersuchungsergebnisse des Flusswassers, die der Verein auf seiner Webseite veröffentlicht, sind ganz andere, wesentlich niedriger.«

Manni richtete sich auf und stieß einen Pfiff aus.

»Ja, leck mich doch am Pommes! Weißt du auch, wie der das Zeitliche gesegnet hat?«

Robert nickte. »Passend, sozusagen. Er ist in der Lenne ertrunken. Lenne-Leiche. Ob es ein Badeunfall war oder nicht, ist noch offen. Jedenfalls ermittelt die Polizei, sagt Sylvia. Mehr als die offizielle Version kennt sie aber auch nicht.«

»Kann Zufall sein, Robert, kann. Glaube ich aber nicht. Der Fall zieht Kreise. Sylvia bleibt sicher dran?«

»Natürlich, was denkst du denn?«

»Und Jan, was gibt es bei dem Neues?«

Robert zog hörbar die Luft ein. »Außer seinen privaten Problemen? Nichts. Er hat gestern kurz angerufen, war ziemlich am Boden. Hat sogar geweint, habe ich bei ihm noch nie erlebt. Scheinbar liegt ihm an Florian Hock mehr, als er will. Andererseits stoßen ihn sein Job und sein Whisky-Konsum ab. Morgen wollen sie sich treffen, Jan will sich dann entscheiden. Wenn er kann.«

»Wenn das mal immer so einfach wäre«, flüsterte

Manni.

»Übrigens war ich noch mal bei Hollunder und habe durchblicken lassen, dass wir zu einem Austausch von Informationen bereit wären. Hat aber abgeblockt, der Idiot!«

»Wundert dich das?«

»Na ja, das Hintergrundwissen von diesem Florian wäre für den Kommissar bestimmt nützlich. Aber wer nicht will ...«

»Mensch, Robert, der wird uns nichts verraten. Und wenn er was wissen will, macht er Druck, ganz einfach.«

»Ganz einfach«, wiederholte Robert resigniert, »ganz einfach.«

28

»Auch wenn Sie selbstverständlich die Interessen ihrer Unternehmen nicht aus den Augen lassen dürfen, so eint uns doch ein übergeordnetes Ziel: Die bestmögliche Qualität des Trinkwassers aus der Ruhr. Ich bin sicher, wir stimmen darin überein«, schloss Dr. Werner Wiwalke seinen Vortrag und fixierte bei den letzten Worten Thorsten Schmidt.

Die knapp zwanzig Männer in dem Besprechungsraum applaudierten routiniert und gelangweilt. Damit war die wöchentliche Versammlung beendet. Die Männer standen auf, stellten sich an die Stehtische im Vorraum und fanden sich noch in kleinen Gesprächsrunden zusammen. Gemurmel durchflutete den Raum, gedämpft durch den grauen Teppich und die schweren

Vorhänge. Warmes Licht erhellte das Gebäude im Schalker Norden und kündete davon, dass bald die Sonne untergehen würde.

Thorsten Schmidt sah auf seine Uhr. Er hatte hier nichts mehr zu tun und das übliche höfliche Geschwätz interessierte ihn nicht. Er nahm sein Smartphone aus der Innentasche des Jacketts und prüfte seine Mails. Eine ließ seinen Puls beschleunigen, eine Nachricht aus der Zentrale, aus Klendale. Er öffnete und überflog sie. Las sie noch einmal, konnte es nicht glauben. Dann zwang er sich, ruhig zu bleiben, nicht lauthals zu jubeln, keinen Tanz aufzuführen. Man erwartete ihn im nächsten Monat, um seine erfolgreiche Arbeit von Kalifornien aus weiterzuführen. Endlich, endlich! Er war am Ziel, er hatte es geschafft! Vorbei mit den langweiligen Sitzungen im Verein, vorbei die mühevolle Arbeit mit ignoranten Idioten. Er war am Ziel, er hatte es geschafft!

»Gute Nachrichten?«

Es war der Geschäftsführer eines anderen Gelsenkirchener Unternehmens, der neben ihm stand und sah, wie Thorsten Schmidt strahlte. Der straffte sich, ärgerlich darüber, dass man ihm seine Emotionen, seine Freude ansehen konnte.

»Es hätte schlimmer kommen können«, gab er zurück, ließ sein Handy in seinem Jackett verschwinden und verließ den Vorraum.

Als er alleine war, ballte er die Faust, stieß sie wieder und wieder in die Luft. Er war am Ziel, er hatte es geschafft. Endlich hatte sich all die Arbeit gelohnt, die Geduld, mit der er die ihn umgebenden Idioten behandelt hatte, heute wurde er dafür belohnt! Seit seinem Studium war ihm klar, dass für ihn nur höhere Aufgaben infrage kamen. Er hatte es einfach gewusst, immer. In seinem ersten Job als Assistent der Geschäftsleitung bei einem Betrieb, der Flanschen für Wasserpumpen produzierte. Bei seiner zweiten Anstellung als Geschäftsführer dieses maroden Unternehmens, das Rohrsysteme entwarf und herstellte. Rigoros hatte er den Laden umgekrempelt, die teure Produktion komplett an Fremdfirmen vergeben und aus dem alteingesessenen Betrieb einen Dienstleister gemacht. Sicher, die langjährigen Mitarbeiter, die Schlosser, Dreher, Schweißer und Meister waren nicht begeistert gewesen, als sie ihre Jobs verloren. Er hatte ihnen Angebote verschafft, für weniger Geld und an anderen Orten. Aber es waren Jobs. Nicht sein Problem, wenn sie sie nicht annahmen. Jeder musste flexibel sein. Kurz darauf wechselte auch er, von Solingen nach Gelsenkirchen. Man war auf ihn aufmerksam geworden, sein Sanierungskurs hatte sich im Ruhr Verein herumgesprochen. So war er vor fünf Jahren zu Teslen gekommen, nach einem Gespräch in der Europazentrale in Amsterdam übernahm er die Leitung der deutschen Zentrale in Gelsenkirchen. Das Gespräch hatte ihm gefallen, er bekam einen klaren Auftrag. Wie er sein Ziel erreichte, war seine Sache. Es interessierte niemanden, weder in Amsterdam noch in Klendale. Und jetzt hatte er es erreicht, würde diese muffige Stadt verlassen. Kalifornien!

Thorsten Schmidt atmete tief durch, bevor er die Glastür aufstieß und nach draußen trat. Es war sein Abend, sein Triumph! Er unterließ es, nach seinem Chauffeur zu winken, und ging stattdessen zu dem Wagen. Wie so häufig stand der dicke Mann mit anderen zusammen und rauchte. Gott, wie sehr er das hasste, diesen Gestank in den Kleidern und im Atem seines Fahrers. Er stieg ein und genoss die Überraschung des Mannes, als der seinen Vorgesetzten auf dem Rücksitz entdeckte. Schmidt sah, wie er die Zigarette fallenließ und am Boden austrat, den anderen Fahrern zuwinkte und einstieg.

»Zur Zentrale?«, fragte ihn sein Chauffeur routiniert, auch wenn er ihn nach jedem Treffen im Verein dorthin fuhr. Er ließ den Motor an und nahm Kurs auf die Autobahn.

»Nein, heute nicht, Herr Kobalewski.« Thorsten Schmidt verzog das Gesicht. Der Zigarettengestank verpestete die Luft. Er ließ das Fenster hinunter. »Wir fahren zu einem Supermarkt, kennen Sie einen in der Nähe?«

»Einen, der auf dem Weg zu Ihnen liegt?«

»Ja, und bitte keinen Discounter.«

»Geht klar. Was brauchen Sie denn?«

»Champagner, einen guten Champagner. Den stellen wir bei mir kalt und dann bringen Sie mich zum ›La Bella‹. Kennen Sie das Restaurant?«

»Kenne ich.«

Thorsten Schmidt fuhr das Fenster wieder hoch, es wurde langsam kühl. Und der Gestank hatte sich verzogen.

Nur wenige Minuten später hielt die Limousine auf dem Parkplatz des Supermarktes.

»Dafür werden Sie etwas Annehmbares bekommen«, sagte er und reichte seinem Fahrer einen Hunderteuroschein nach vorn. Der verschwand in dem

Laden und kehrte kurze Zeit später zurück, mit einer Flasche Champagner, die er seinem Chef durch das geöffnete Seitenfenster reichte.

»Gute Wahl«, kommentierte der und lächelte, als er sich das Etikett besah. »Und jetzt zu mir.«

Vor seinem Appartement in der Parkstraße angekommen, nahm Thorsten Schmidt die Flasche, ging in die erste Etage, schloss auf und legte das Getränk in den Kühlschrank. Wenn er aus dem Restaurant zurück war, würde sie eine annehmbare Trinktemperatur angenommen haben.

Er verließ die Wohnung wieder und freute sich schon jetzt auf diesen einsamen, triumphalen Moment.

»Und jetzt zum ›La Bella‹.«

Er ließ die Häuser, Menschen und Dinge hinter der Scheibe der schweren Limousine an sich vorbeiziehen, ohne sie wahrzunehmen. Kalifornien. Die Zentrale. Der Wagen bremste.

»Soll ich Sie später abholen?«

»Nein, Kobalewski, ich brauche Sie nicht mehr. Gar nicht mehr. Geben Sie morgen den Wagen ab und sagen Sie in der Personalabteilung Bescheid. Die regeln das mit dem ausstehenden Gehalt. Ansonsten sind Sie freigestellt. Guten Abend.«

Thorsten Schmidt stieg aus und atmete durch. Die wenige Zeit, die er noch in Gelsenkirchen blieb, würde er selbst fahren. Er hatte Gründe dafür.

29

»Das Arschloch hat mich kalt lächelnd entlassen. Einfach so. Nachdem ich ihm vorher noch diesen scheiß Champagner besorgt habe, für siebzig Euro! Dat muss du dir mal überlegen, siebzig Euro! Für eine Flasche!«

»Hattest du nicht hundert gesagt?«

»Na ja, Quittung hatte ich verloren und 'nen bisken wat soll ja auch beim armen Manni hängen bleiben«, grinste der.

»Du wolltest doch sowieso mit dem Job aufhören.«

»Mensch, Robert, aber doch nicht auf die Art. Dat war doch dat Hinterletzte. Der Wichser, der dämliche. Zuerst wird er persönlich, spricht mit mir, zum ersten Mal überhaupt. Und dann schmeißt der mich kalt lächelnd raus. Als ob der 'ne Fliege verscheucht, mehr nicht.«

»Also muss irgendetwas passiert sein«, grummelte Robert vor sich hin. »Manni, denk genau nach, was ist an dem Abend geschehen? Ist dir etwas aufgefallen?«

»Außer, dass der merkwürdig gute Laune hatte, nichts. Ich dachte noch, als er plötzlich mit mir sprach: *Taut der jetzt auf?* Aber sonst war nichts Besonderes, die Sitzung im Verein dauerte so lange wie immer. Doch, eines war noch: Als er aus dem Gebäude kam, hat er mich nicht ran gewinkt, sondern ist selbst gekommen. Mir ist fast die Kippe runter- gefallen, als der neben dem Wagen stand.«

»Also in mehreren Punkten ein ungewöhnliches Verhalten. Aber was ist der Grund dafür?« Robert stand auf und ging ungeduldig in der Küche auf und ab.

»Die Kleine aus der Personalabteilung hat mir heute gesteckt, dass bislang noch keine Order raus ist, einen neuen Fahrer zu suchen. Und dass er sich erkundigt hat, ob er noch Urlaubstage hat. Die war ganz verwirrt, dass nicht seine Sekretärin bei ihr angerufen hat.«

Abrupt blieb Robert stehen. »Urlaubstage? Kein neuer Fahrer? Das klingt doch irgendwie nach Abschied oder täusche ich mich?«

»Hm, könnte sein. Der teure Champagner ... Vielleicht ist er befördert worden, ab nach Klendale.«

»Dann haben wir nicht mehr viel Zeit, Manni. Wir müssen handeln. Jetzt.«

30

»Mordkommission, Kriminalkommissar Hollunder. Sie schon wieder, Herr Werner, was gibt's denn noch?«

»Danke für die freundliche Begrüßung. Wir haben Hinweise darauf, dass Thorsten Schmidt Deutschland bald verlassen wird, verlässliche Hinweise. Außerdem gab es auch einen Mord in Iserlohn, der mit dem Ruhr Verein zusammenhängt. Ich dachte, dass könnte bei ihren Ermittlungen beschleunigende Wirkung haben.«

Aufgelegt. Verdutzt schaute Hollunder seinen Hörer an. Hatte der Kerl einfach aufgelegt! Ein Toter in Iserlohn? Und was sollte die Bemerkung »beschleunigende Wirkung«? *Denkt dieser Idiot, wir drehen hier den ganzen Tag Däumchen? Aber wie kommt dieser Werner darauf, dass der Geschäftsführer Deutschland bald verlässt?* Anstatt sich weiter zu ärgern, rief er Kasimke zu sich.

»Wir brauchen die Verbindungsdaten des Handys von Fred Brüning, und zwar von den Tagen, an denen er die Mädchen fotografiert hat.«

Hollunder blickte in den offenen Mund und die verständnislosen Augen des Hauptmeisters. Schon jetzt tat es ihm leid, den mit der Aufgabe betreut zu haben. Aber er hatte keinen anderen.

»Anhand dieser Daten können wir erkennen, an welchen Punkten er sich mit seinem Handy wann angemeldet hat. Und so wissen wir, ob er an den fraglichen Tagen zum Bei- spiel am Dortmunder Hauptbahnhof war oder nicht, verstehen Sie?«

Der Hauptmeister nickte.

»Also besorgen Sie sich die Daten bei seinem Anbieter, das Handy hat die Spurensicherung ja sichergestellt. Die Telefongesellschaften kennen das Verfahren, da können Sie ganz beruhigt anfragen, Kasimke.«

Während der Hauptmeister das Büro verließ, lehnte sich Hollunder in seinem Bürostuhl zurück und legte die Hände auf die Augen. Er wünschte sich einen Praktikanten, möglichst schnell. Der würde Kasimke nicht nur nach wenigen Stunden ersetzen, er würde ihm voraus sein, ganz sicher.

»Ich brauche Unterstützung, kein betreutes Ermitteln«, seufzte er resignierend.

Die Befragung am Bahnhof unter den Nutten und Strichern hatte nichts gebracht. Aber zwei Bundespolizisten war Brüning aufgefallen, weil er sehr junge Mädchen angesprochen hatte, die die beiden beobachteten. Sie hatten ihn anhand des Fotos identifiziert. Er rief das Büro von Schmidt an.

»Ist Herr Schmidt morgen vormittags im Haus? ... Nein, nicht nächste Woche, morgen ... Ich kann ihm auch eine Vorladung ... Ja, um elf Uhr, danke.«

Bis dahin würde es sogar Kasimke geschafft haben. Dann rief er seinen Kollegen in Iserlohn an.

31

Nichts Auffälliges. Keine Polizisten, kein Observationsteam. Er hob den Blick von seinem Feldstecher und nickte zufrieden. Die hätten es ohnehin schwer gehabt, wollten sie nicht auffallen. Das Parken auf der Weberstraße war nicht erlaubt und von den Seitenstraßen hätten sie nur eine sehr eingeschränkte Sicht auf seine Wohnung. Er konnte zurück, er wurde nicht beobachtet. Das sagte ihm auch sein Instinkt. Er hatte sich immer auf ihn verlassen, auch damals, beim Kommando Spezialkräfte. Wenn ein Einsatz gefährlich wurde. Und die Einsätze in Afghanistan waren immer gefährlich gewesen, die Frage war nur, ob Sprengfallen oder Heckenschützen auf sie warteten. Er hatte sich auf seinen Instinkt verlassen, nicht auf die Vorschriften. Es hatte ihn den Job gekostet, aber er lebte.

Er freute sich auf seine Wohnung. Nicht dass er den Luxus vermisste, ganz im Gegenteil. Das Schlafen auf dem Feldbett, Kochen auf dem kleinen Gaskocher, kein Sessel, überhaupt keine Möbel, nur ein Holzstuhl, die kahlen Wände – all das erinnerte ihn an seine aktive Zeit, die leer stehenden Häuser im Kampfgebiet. Nur die Einschusslöcher fehlten. Hatte er neue Nachrichten bekommen? Einen neuen Auftrag? Weder Handy noch Laptop hatte er mitgenommen, keine Chance, ihn zu orten. Er schloss die Wohnungstür hinter sich zu. Seine wenigen Sachen würde er später, am Abend, holen. Vorsichtig öffnete er die Haustür, die linke Hand auf dem Türknauf, die rechte auf dem Griff seiner P8 Combat. Schnell überblickte er die Straße zu beiden Seiten: nichts Ungewöhnliches. Nur die üblichen Gestalten, nur das übliche laute Stimmengewirr, keine Bullen. Er ging auf die Weberstraße und schloss die Tür hinter sich. An einer leer stehenden Schaufensterfront ging er vorsichtig die Straße hinunter, lauernd, bereit, sich zu verteidigen. Keine Gefahr. Er überquerte die Straße, seine Haustür im Visier, die Umgebung im Blick. Alles wie immer. Er schloss die Haustür auf und ging hinauf in seine Wohnung im ersten Stock. Er lauschte an der Tür. Keine verdächtigen Geräusche. Nachdem er fast lautlos aufgeschlossen hatte, schlich er von Raum zu Raum. Keine Gefahr, es war niemand hier. Dann startete er seinen Rechner und loggte sich in das Postfach ein, das nur einem Zweck diente: die Daten von seinem Auftraggeber zu bekommen.

Er hatte Post, einen neuen Auftrag. Nein, es waren gleich zwei. Er sah sich die Fotos und die Daten an. Keine weiteren Informationen, das war auch nicht nötig. Es war klar, was er machen sollte, und er würde es machen. Zum letzten Mal, dann würde er aufhören. Er wollte weg, raus aus dieser Stadt, an die Küste, ans Meer, nach Vorpommern. Sein letzter Auftrag, und er würde ihn wie ein Kunstwerk zelebrieren, mit seinem ganzen Geschick, seinem ganzen Können. Er sah sich die Fotos noch einmal an. Ja, die beiden waren es wert.

32

Kommissar Meyer fuhr mit seinem schwarzen BMW die schmale Straße zum Parkplatz des Restaurants hinunter. Das »Jagdhaus im Kühl« lag mitten im Wald und die Straße wurde gesäumt von einigen wenigen Tannen, die der Orkan Kyrill im Januar 2007 hatte stehen lassen.

»Herrlich hier«, freute sich Kommissar Hollunder auf dem Beifahrersitz, »so idyllisch, und gleich gibt es auch noch was Leckeres zu essen.«

Meyer schmunzelte und freute sich mit seinem Kollegen. Im vergangenen Jahr waren sie bereits einmal hier gewesen, als sie gemeinsam in einem Fall ermittelten. Er lenkte den Wagen auf den Parkplatz, dann stiegen sie aus und gingen einige Stufen hinunter zum Lokal.

»Wenn wir Glück haben, scheint die Sonne noch auf die Terrasse und wir können draußen sitzen«, hoffte er.

Sie hatten Glück. Meyer steuerte sofort einen kleinen Tisch an, von dem sie einen schönen Blick auf den Teich mit der Fontäne als auch auf die Tiergehege hatten. Jetzt, am späten Nachmittag, war das Lokal bereits gut gefüllt.

»Merkwürdig«, meinte Hollunder, nachdem sie sich Kissen geholt und Platz genommen hatten. »Ich verstehe nicht, warum manche Leute lieber drinnen sitzen, als hier draußen die milde Luft zu genießen.«

»Vielleicht haben sie Angst, dass ihnen das Essen zu schnell kalt wird«, versuchte Meyer eine Erklärung zu finden. »Oder sie mögen keine Insekten, die sie umschwirren. Oder sie sind Allergiker.«

»Die Allergiker lasse ich gelten«, erwiderte Hollunder und betrachtete dabei die Gäste im Innenraum des Restaurants wie Tiere in einem Zoo. Sein Interesse an den Gästen nahm augenblicklich ab, als sich die Kellnerin mit den Speisekarten näherte.

»Möchten Sie schon etwas zu trinken bestellen?«, lächelte sie die beiden an, als sie ihnen die grünen Karten reichte.

»Ich nehme eine Apfelschorle«, antwortete Hollunder, dem ein kaltes Bier wesentlich lieber gewesen wäre. Aber er musste heute noch nach Gelsenkirchen zurück.

»Und ich ein großes Pils«, entschied sich Meier. »Das wird hier noch im Steinkrug serviert«, informierte er seinen Kollegen verschwörerisch, gerade so, als würde er das geheime Wissen eines mittelalterlichen Ordens preisgeben.

Hollunder, dessen Durst auf ein Bier noch deutlich gestiegen war, klappte die Karte auf und konzentrierte sich auf die Hauptgerichte. Schnell entschied er sich für die Wildschwein-Medaillons mit Steinpilzen, dazu Brokkoli, hausgemachte Kroketten und einer Preiselbeer-Birne. *Wenn ich schon im Sauerland bin, esse ich auch Wild*, dachte er. Sein Iserlohner Kollege sah das anders, er wählte das Rumpsteak mit Röstzwiebeln und Bratkartoffeln.

»So, das Schwierigste ist getan, die Wahl des Essens«, lächelte der. »Und während wir auf das Ergebnis warten, lassen Sie uns über unsere Fälle sprechen. Und wenn ich sage ›über unsere Fälle‹, bin ich sehr vorsichtig. Bislang gibt es nur einen Berührungspunkt: Meine Leiche war beim Ruhr Verein beschäftigt, Ihre Toten hatten nur indirekt mit dem zu tun. Sehen Sie nach dem Wenigen, was wir wissen, einen Zusammenhang?«

Kommissar Hollunder lehnte sich in dem breiten, aber nicht sehr bequemen Holzstuhl zurück und holte tief Luft, während er nachdachte.

»Kann ich nicht sagen. Mal ganz unter uns, Kollege, ein Mann wurde ermordet, ganz klar. Drei weitere sind zu Tode gekommen, unter manchmal fragwürdigen Umständen. Aber aus diesen Indizien – wenn es denn welche sind – ergibt sich noch kein Hinweis auf einen Mord. Geschweige denn auf drei. Haben Sie noch weitere Punkte, die darauf hindeuten?«

Meyer zögerte vor einer Antwort, spitzte den Mund und presste die Fingerspitzen aneinander. »Möglicherweise einen Aspekt, aber er ist sehr vage. Und er wird Ihnen nicht gefallen.«

Interessiert hob Hollunder die Brauen.»Da bin ich aber mal gespannt. Schießen Sie los.«

»Die Befragungen an seinem Arbeitsplatz haben nichts Auffälliges ergeben. Nur eine Besonderheit: Drei Tage vor seinem Tod hatte er Besuch, von einer auffallend schönen und eleganten Frau.«

»Schön für ihn, aber was ist daran so besonders?«

»Nun, dass jemand zu ihm kam. Er arbeitete fast ausschließlich allein, sowohl im Innen- als auch im Außendienst. Die Aufträge, die er bearbeitete, bekam er per Mail oder Telefon. Gutachten, Analysen und so etwas, aber es waren ausschließlich interne Geschichten. Und deshalb fiel es auf, dass er Besuch bekam.«

»Haben Sie schon ermitteln können, wer die unbekannte Besucherin war?«, fragte Hollunder gespannt, obschon er wusste, dass sein Kollege einen Namen parat hatte.

»Habe ich, Kollege Hollunder, habe ich. Schließlich hat sich die Frau einen Termin geben lassen und sich zuerst am Empfang gemeldet.« Wieder machte Meyer eine kleine Pause und genoss den erwartungsvollen Blick seines Kollegen. »Sie kennen sie. Es war Sylvia Behnke.«

Nachdem sie sich das Steak und die Medaillons hatten schmecken lassen, packte sie eine satte Trägheit, aus deren Armen sie sich mit zwei Espressi befreien wollten. Es gelang nur zum Teil.

»Ich habe es befürchtet«, knurrte Hollunder. »Nachdem dieser Robert Werner sich schon in Gelsenkirchen wieder einmischt, hat er jetzt auch noch in Iserlohn seine tölpelhaften Finger im Spiel.«

»Na, bislang ist er hier noch nicht aktiv geworden.«

»Wo seine Freundin auftaucht, und das auch noch in einem Betrieb des Ruhr Vereins, ist dieser Amateur nicht weit.«

»Immerhin hat er dafür gesorgt, dass wir jetzt zusammen hier sitzen, oder nicht?«, schmunzelte Meyer.

»Ja, aber das hat er sicher nicht ohne Absicht gemacht. Und falls doch, spricht das mal wieder nicht für ihn.«

»Dann sollten wir ihm auf die Finger sehen. Und ihr auch. Ich rufe morgen Frau Behnke an und bitte sie zu einem Gespräch. Mich würde doch sehr interessieren, was die Gute von dem Toten wollte.«

»Und ich fühle morgen verschärft dem Geschäftsführer von Teslen auf den Zahn. Bei ihm laufen die Fäden zusammen, er profitiert am meisten von den Ereignissen. Außerdem kommt er als Auftraggeber für einen Mord infrage. Der scheint aber mit den anderen Geschehnissen rund um den Ruhr Verein nichts zu tun zu haben.«

»Noch ein Mord? Davon haben Sie gar nichts erzählt. Worum geht es?«

»Der Fahrer des Geschäftsführers ist erschossen worden, wahrscheinlich von einem Profi. Es sollte nach einer Abrechnung im Drogenmilieu aussehen, aber darauf deutet nichts hin. Offensichtlich hat der Tote einen anderen Mann erpresst. Jemanden, der auf kleine Mädchen steht. Wie es aussieht, hat der Chauffeur sie für ihn besorgt. Er hat sie fotografiert und mit Datum versehen.«

»Und Sie denken, dass es dieser Schmidt war, der Geschäftsführer von Teslen?«

Hollunder nickte. »Darauf deuten die Daten der Funkortung hin. An jedem Abend, an dem der Fahrer am Dortmunder Hauptbahnhof war, führte ihn sein Weg noch zum Haus seines Chefs, spät abends oder nachts. Was wollte er da? Noch einen Sixpack Bier vorbeibringen?«

Meyer schmunzelte. »Das könnte sein Anwalt behaupten, und der Chauffeur musste es stets ganz frisch in Dortmund besorgen, weil es dann am besten schmeckt.«

»Ich weiß, dass wir mit unseren Indizien nicht sattelfest

sind«, seufzte Hollunder, »aber mehr haben wir nicht. Trotzdem, ich kriege ihn.«

»Halali, Kollege!«

33

»Es tat weh, Robert, sehr weh.«Robert reichte seinem Freund ein Taschentuch, als er sah, dass ihm die Tränen die Wangen hinunterliefen. Sie saßen am Küchentisch in seiner Wohnung. Jan war einfach vorbeigekommen, ohne vorher anzurufen. Und jetzt weinte er. Robert konnte mit weinenden Männern nicht viel anfangen, er wusste nicht, wie er sich verhalten sollte.

Er räusperte sich und sagte unsicher: »Es war sicher das Beste.«

»Es ging nicht anders, das habe ich ihm auch gesagt.« Jan schnäuzte laut. »Ich hätte erst gar nichts mit ihm anfangen dürfen«, flüsterte er.

Verlegen nahm Robert seine Hand. »Es war richtig, Jan. Wenn du es jetzt nicht gemacht hättest, hättest du dich nur gequält, mit seiner Sauferei, seinem Job und seinen Selbst- vorwürfen. Nein, es war völlig richtig, dich jetzt zu trennen.« Robert fragte nicht, was ihn brennend interessierte: Wie hatte Florian reagiert? »Wirklich, Jan, du musst dich schützen.«

Der nickte lautlos und schwieg einen Moment. »Es tut trotzdem weh. Und ich weiß nicht, was ich machen soll, wenn er wiederkommt.«

»Kannst du nicht ein paar Tage Urlaub machen? Einfach mal raus aus deinem Laden! Fahr eine Woche ans Meer, lass dir am Strand die trüben Gedanken aus dem Kopf wehen.«

Jan schniefte noch einmal, schon deutlich leiser. »Daran gedacht habe ich auch, aber mir ist nicht wohl dabei, das ›Achter Deck‹ so lange allein zu lassen. Ein paar Tage Urlaub wären nicht schlecht. Ich weiß gar nicht, wann ich das letzte Mal ...«

»Und wenn ich nach dem Rechten sehe? Du sagst mir, worauf ich achten muss, und ich fahre jeden Abend hin. So 'nen bisschen kontrollieren kriege ich locker hin.«

»Das wäre verdammt nett, wenn du das machen würdest. Ist auch nicht viel zu tun. Sven, der mich vertreten kann, vertraue ich, der hintergeht mich nicht.« Jan machte eine Pause und fuhr dann fort, leiser, vorsichtiger. »Aber ich weiß nicht, ob du das machst, wenn ich dir noch etwas sage, Robert, da ist noch was.«

Robert beobachtete gespannt, wie sich Jan gerade hinsetzte und ihn ansah.

»Da bin ich aber gespannt. Ich vermute mal, es ist nichts, was uns zum Lachen bringt«, versuchte er die Situation zu entspannen.

»Ich steige aus der Detektei aus, Robert, endgültig.«

Jans Worte ließen keinen Zweifel daran, dass er es ernst meinte. Robert brauchte einen Moment, bis er sie wirklich verstanden hatte.

»Ich nehme mal an, du lässt dich nicht umstimmen.« Jan schüttelte wortlos den Kopf.

»Ehrlich gesagt, wirklich überraschend kommt es für mich nicht. Ich hatte in letzter Zeit häufiger den Eindruck, als wärest du ...«

»Mit den Gedanken nicht mehr richtig dabei? Stimmt, Robert, genau das ist es. Und deshalb steige ich aus. Aus der Detektei Flöz Vier wird ein Flöz Drei.«

»Das lassen wir mal schön bleiben, Jan, vielleicht kommst du doch noch zurück. Hast du es schon Manni gesagt?«

Wieder schüttelte Jan den Kopf.

»Nein, das mache ich gleich. Ich wollte es zuerst dir sagen. Wärst du so nett und würdest Sylvia unterrichten?«

»Natürlich. So, und jetzt lass uns nicht Trübsal blasen«, versuchte Robert die angespannte Stimmung zu vertreiben, »lass uns deinen Urlaub planen. Wo soll es denn hingehen?«

Als er die Tür hinter Jan schloss, drehte er sich eine Zigarette, nahm ein kaltes Bier aus dem Kühlschrank und setzte sich in den Garten. Nach einem tiefen Zug an der Selbstgedrehten und einem kräftigen Schluck aus der Flasche fühlte er sich etwas besser. Dass sich Jan von Florian getrennt hatte, überraschte ihn nicht. Im Grunde genommen waren sie ja nie richtig zusammen gewesen. Und die Ahnung, dass Jan aus der Detektei aussteigen würde, hatte er auch schon seit einiger Zeit. Aber nicht jetzt, der Zeitpunkt überraschte ihn. Überraschte und ärgerte ihn. Na ja, war nicht mehr zu ändern. Sein Entschluss stand fest, das wusste Robert. Deshalb hatte er auch gar nicht versucht, ihn umzustimmen. Er zog sein Handy aus der Brusttasche seines Hemdes und rief Sylvia an. Es gab einiges zu erzählen.

34

»Hat Fred Brüning Sie erpresst?«Kommissar Hollunder sah die Überraschung in den Augen von Thorsten Schmidt. Er hatte ihm erst gar keine Zeit gelassen, Getränke oder einen Platz anzubieten.

»Was meinen Sie damit? Ich verstehe Sie nicht, Herr Kommissar.«

Der Geschäftsführer hatte sich wieder gefangen, den verbalen Tiefschlag schnell weggesteckt. Und er hatte ihn sehr gut verstanden. Hollunder setzte sich langsam und behielt sein Gegenüber im Auge.

»Hat er Sie erpresst? Das war meine Frage.«

»Aber womit sollte er mich erpressen? Und warum?«

»Die meisten Erpresser wollen Geld«, antwortete Hollunder süffisant und legte drei Fotos vor den Geschäftsführer. »Kennen Sie diese jungen Mädchen? Haben Sie Fred Brüning den Auftrag gegeben, sie zu besorgen? Sie zu Ihnen zu bringen?«

Thorsten Schmidt bemühte sich, Hollunder seine Verachtung spüren zu lassen. Die Fotos würdigte er keines Blickes. »Das ist absurd, Herr Kommissar, und das wissen Sie. Wenn an Ihren haltlosen Vorwürfen irgendetwas dran wäre, müssten Sie mir einen Mord unterstellen. Das ist lächerlich. Aber ich denke, ich werde das Gespräch nur mit meinem Anwalt fortführen.«

»Sie hören sehr bald von mir.« Hollunder stand auf und verließ das Büro. Ihm war klar, dass die entscheidenden Gespräche, die Verhöre, im Präsidium stattfinden würden. Aber er hatte, was er wollte. Er hatte die Angst in den Augen des Mannes gesehen.

35

»Guten Morgen, Frau Behnke, schön, dass Sie es so früh einrichten konnten.«

Kommissar Meyer hatte sich gerade erst einen Kaffee gemacht, als Sylvia Behnke sein Dienstzimmer an der Friedrichstraße betrat. Die altmodische Bahnhofsuhr an der Wand hinter seinem Schreibtisch zeigte fünf Minuten nach acht. Den angebotenen Kaffee lehnte sie ab, sie mochte das Zeugs aus diesen Kapseln nicht.

»Frau Behnke, wann haben Sie Hermann Krause zum letzten Mal gesehen?«

Meyer sah die Überraschung in ihrem Gesicht, wie sie mit ihrer Antwort zögerte, wie ihre Gedanken sich überschlugen.

»Ich ... Wie kommen Sie auf Hermann? In welchem Zusammenhang?«

»Falls Sie es noch nicht wissen, muss ich Ihnen sagen, dass Herr Krause tot ist. Vielleicht haben Sie von dem Badeunfall gelesen, stand im Iserlohner Kreisanzeiger.«

»Hermann tot? Mein Gott, das kann doch nicht sein, er war doch fit und ein guter Schwimmer, wie ich weiß.«

Nach all seinen Dienstjahren wusste er, dass ihre Überraschung nicht gespielt war.

»Es ist aber nur die halbe Wahrheit, Frau Behnke. Herr Krause ist ertrunken, aber er wurde ermordet, daran gibt es keinen Zweifel.«

Aufmerksam beobachtete er die elegante Frau, die um ihre Souveränität rang. Außer einem leisen »Ermordet?« erwiderte sie nichts. »Warum waren Sie vor drei Tagen in der Kläranlage des Ruhr Vereins in Letmathe? Was wollten Sie von ihm?«

Ihre Hand zitterte leicht, als sie den Rotwein nachgoss. Robert war es peinlich, er hatte nur die billige Sorte aus dem Discounter vorrätig. Aber sie war überraschend gekommen, hatte plötzlich in seinem Büro gestanden. Kurz darauf hatte er abgeschlossen und sie waren in seine Wohnung gefahren.

»Ich wusste wirklich nicht, was ich sagen sollte. Mein Gott, ich war geschockt. Hermann tot, ermordet, in der Lenne. Kurz nachdem ich ihn um die Analyse gebeten habe. Das ist doch kein Zufall!«

Aufgeregt nahm sie einen großen Schluck, der ihr prompt quer den Hals hinunterging. Sie verschluckte sich und hustete. Tröstend streichelte ihr Robert über die Schulter.

»Ich bin sicher, du hast alles richtig gemacht. Wahrscheinlich hätte ich dem Kommissar auch gesagt, dass die Probe von einem privaten Grundstück kommt, das du eventuell kaufen willst. So, wie du es vorher auch diesem Hermann gesagt hast.«

»Aber als er wissen wollte, wo dieses Grundstück liegt, habe ich nur noch gestammelt«, erinnerte sie sich ärgerlich. »Meinst du, wir sollen ihm sagen, dass die Probe aus der Lenne stammt?«

Robert zuckte die Schultern. »Erst einmal abwarten, ob sie die Probe und die Ergebnisse wiederfinden. Es war ja eine private Bitte, kein offizieller Auftrag. Wer weiß, vielleicht ist sie schon längst entsorgt und weggekippt. Und wir wissen nicht, ob der Meyer danach suchen lässt.«

»Natürlich macht der das.« Sie war sauer über seine naive Vermutung. »Sie könnte mit seinem Tod zusammenhängen, das ist doch Grund genug.«

»Hast ja recht«, besänftigte er sie. »Ich kann mir nur noch keinen Reim darauf machen. Selbst wenn er diese hohe Konzentration von PFT darin gefunden hat und selbst wenn er gewusst hätte, dass die Probe aus der Lenne stammt, was ist daran so mörderisch? Ein Umweltskandal, aber warum den Analysten ermorden?«

»Aus dem gleichen Grund, warum die Bauern in Bochum sterben mussten: Geld! Mensch, Robert, das liegt doch auf der Hand!« Es war das erste Mal, dass Sylvia laut wurde.

Wortlos stand er auf, schnappte sich seinen Tabak und das Feuerzeug und ging in den Garten. Er lehnte sich an die alte feuchte Backsteinmauer und starrte auf den Rasen. Er war nicht naiv. Er wollte nur nicht denken, nicht aussprechen, was ihm Panik bereitete: Dass der Mörder auch die Auftraggeberin von Hermann Krause töten musste.

Sylvia drehte sich auf die Seite und zog die Decke über die Schulter. Robert schloss das Fenster und ging wieder ins Bett. Irgendetwas stimmte nicht. Sie hatten sich geliebt, aber es war nicht wie sonst gewesen, nicht so leidenschaftlich, so intensiv. Er drehte sich zu ihr und legte seinen Arm um sie. Obwohl er ihr Gesicht nicht sehen konnte, wusste er, dass sie wach war und die Augen geöffnet hatte.

»Was beschäftigt dich? Was lässt dich nicht schlafen?«

»Ich bin unzufrieden.«Sie zögerte nicht mit der Antwort. Sie hätte es ihm auch gesagt, wenn er sie nicht gefragt hätte. Vielleicht nicht heute Nacht, vielleicht morgen oder in zwei Tagen.

»Unzufrieden womit? Mit mir, mit dem Fall, mit uns?«

Robert fürchtete die Antwort, alles, was sich daraus ergeben könnte, ergeben würde. Wenn Sylvia so klar sagte, dass sie unzufrieden war, hatte sie sich lange mit diesem Gedanken, diesem Gefühl beschäftigt. So lange, bis sie die Unzufriedenheit genau benennen, sie fassbar machen konnte. Sie drehte sich zu ihm und legte ihre Hand auf seine Wange. Robert spürte ihre schlanken Finger, die ihn sanft streichelten, und schloss die Augen. Unzufriedenheit, was war das?

»Ich möchte mehr mit dir zusammen sein. Mehr Zeit mit dir verbringen. Und dazu muss ich etwas ändern, wir müssen etwas ändern. Es sei denn, dir gefällt es so, wie es jetzt ist, dass wir uns zweimal in der Woche sehen, meistens wenig Zeit haben, essen, lieben, schlafen. Ich möchte mehr Leben mit dir verbringen.«

Es war ihm, als würde ein elektrischer Stoß durch seinen Körper schießen, seine Nerven treffen. Darauf war er nicht vorbereitet. Er musste sich eingestehen, sich mit diesem Gedanken, mit einem gemeinsamen Leben, mit mehr gemeinsamen Leben noch nicht vertraut gemacht zu haben. Der Wunsch, etwas zu ändern, hatte ihn noch nicht erreicht.

Sylvia spürte seine Reaktion, seine Gefühle. »Vielleicht sollten wir beide uns mit diesem Gedanken noch etwas beschäftigen, ihn von allen Seiten betrachten. Vielleicht gefällt er dir dann besser.«

Mit wieder geschlossenen Augen nickte Robert. »Das kommt jetzt wirklich überraschend, Sylvia. Nicht unangenehm überraschend, es fühlt sich nur so anders an.«

Sie fuhr ihm mit ihren Fingern durch sein Haar, streichelte seinen Kopf. »Ich könnte auch nach Gelsenkirchen ziehen, in eine eigene Wohnung. Dann würde sich dein Leben nicht so radikal ändern, langsamer.«

Überrascht öffnete Robert seine Augen und sah sie an. »Und was ist mit deinem Geschäft, den Bäderwelten Behnke? Wie willst du dich darum kümmern?«

Seufzend drehte sich Sylvia auf den Rücken. »Darüber bin ich mir noch nicht im Klaren, ich weiß noch nicht, was ich damit mache. Vielleicht setze ich einen Geschäftsführer ein, vielleicht verkaufe ich es. Aber so weitermachen wie jetzt, das will ich nicht, Robert. Der Laden ... Na ja, es ist mein Job und ich mag die Verantwortung. Aber häufig langweilt er mich, ödet mich an.«

Davon hatte sie nie etwas gesagt, und er hatte nie das Gefühl gehabt.

»Ich dachte, du hängst an dem Geschäft, das du dir mit deinem Mann aufgebaut hast, willst es erhalten.«

Sie zuckte mit den Schultern. »Es ist auch ein Stück Vergangenheit, ein großes Stück. Ich spüre einfach, dass ich etwas ändern muss, ändern will.«

Robert betrachtete sie, ernst, bewundernd, verliebt. Obwohl sie einen Entschluss gefasst hatte, einen aufregenden Beschluss, fielen ihr die Augen zu und es würde nicht lange dauern, bis sie eingeschlafen war. Dass er keinen Schlaf finden würde, wusste er, zumindest nicht in den nächsten Stunden. Sein Leben stand davor, umgekrempelt zu werden, so oder so, mit Sylvia oder ohne sie. Was konnte er sich vorstellen? Was könnte ihm gefallen, was war er in der Lage, sich vorzustellen? Mit Sylvia in einer Wohnung zu leben, hier, in seiner Heimat, in Ückendorf? Nach einem Zwischenschritt, nachdem sie zuerst eine eigene Wohnung nahm? Oder wegzugehen, fort aus Gelsenkirchen, ins Sauerland, nach Iserlohn, dort zu leben? Sylvias Haus war groß genug, es hätte bequem für eine ganze Familie gereicht. Fort von Ückendorf, von Manni und Jan, von seinem bisherigen Leben? Was machte sein Leben hier aus außer den beiden? Als Detektiv könnte er auch woanders arbeiten. Oder weder Iserlohn noch Gelsenkirchen? Warum nicht ans Meer? An die Nordsee, ans Wattenmeer? Oder an die Ostsee? Dort hatte er vor vielen Jahren mal Urlaub gemacht, in Wustrow, und davor einmal in Nienhagen, am Gespensterwald. Warum nicht dorthin? Oder gleich in die Sonne, nach Mallorca? Es sollte dort sehr schön sein, ein mildes Klima. Robert war noch nie im Süden gewesen. Was würde es ihm ausmachen, von der Heimat, von Gelsenkirchen wegzugehen? Würde es ihm etwas ausmachen? Und Sylvia? Wäre sie bereit, nicht nur Iserlohn zu verlassen?

Der Wunsch nach einer Zigarette wurde übermächtig. Robert brauchte etwas, das ihn ablenkte. Er stand auf, nahm seine Sachen vom Boden und zog sich im Schein der kleinen Küchenlampe an. Dann drehte er sich eine Zigarette und ging in den Garten. Es war still, still und kühl. Ein Blick in den Sternenhimmel entführte ihn nur kurzzeitig aus seinen kreisenden Gedanken. Der Rauch der Zigarette beruhigte ihn, er schloss für einen Moment die Augen, obwohl seine Gedanken die Müdigkeit vertrieben hatten. Er genoss jeden Zug an der Zigarette und er genoss den Gedanken, dass sich in seinem Leben etwas ändern würde. Er lächelte den Sternenhimmel an, dann schnippte er die Kippe weg, die glühend wie ein Komet im Dunkel verschwand.

Zurück in der Wärme und im Halbdunkel seiner Küche nahm er sich ein Glas Wein und setzte sich an den Tisch. Er würde gehen. Der Gedanke, fortzuwollen, nahm in der Stille der Nacht einen wohligen, verheißungsvollen Klang an. Noch ein Grund mehr, diesen Schmidt endlich festzunageln.

36

»Für einen Haftbefehl reicht das nicht, verdammt!« Wütend knallte Hollunder seine Mappe auf den Tisch des Verhörraumes.Staatsanwalt Michael Wandler nickte. »Das hat sein Anwalt clever hingebogen, wir haben nichts Verwertbares in der Hand.«

»Wer kommt denn auf die Idee einer konstruierten Erpressung? Angeblich habe sein Chauffeur die Fahrten nach Dortmund und zu seiner Wohnung nur gemacht, damit sie per Handyortung aufgezeichnet und belegt werden können. Bleibt dann vor seiner Wohnung mit dem Dienstwagen stehen und bringt anschließend die Mädchen wieder zurück nach Dortmund. Damit der Eindruck entsteht, er, Thorsten Schmidt, hatte Verkehr mit Minderjährigen. Und dieser Verdacht reiche dann für eine Erpressung. Natürlich hat unser sauberer

Geschäftsführer von allem nichts gewusst.«

»Wir brauchen Zeugen, Hollunder, die den Schmidt mit den minderjährigen Mädchen in Verbindung bringen. Oder handfeste Indizien, DNA-Spuren von den Mädchen. Aber die sind nicht registriert und wer weiß, wohin diese Menschenhändler die verfrachtet haben. Beides haben wir nicht, und somit auch nichts in der Hand gegen den Mann.«

»Aber wir müssen etwas finden, und zwar schnell. Sonst ist der Kerl in den USA und ziemlich sicher vor uns.«

»Na ja, verkriechen wird er sich dort nicht, wir wissen ja, dass wir ihn in der Konzernzentrale finden. Es kann allerdings etwas dauern, bis wir die amerikanischen Kollegen in Gang setzen können.«

»Und in der Zeit kann der Kerl untertauchen, wenn er von dem Verfahren Wind bekommt. Das geht in den USA deutlich leichter als bei uns.«

Staatsanwalt Wandler setzte sich auf den Stuhl gegenüber von Hollunder.

»In einer knappen Woche ist der Schmidt weg, nimmt noch seinen Urlaub und verbringt ihn in seinem neuen Zuhause, Kalifornien. Haben Sie nichts mehr, was wir gegen ihn verwenden können? Dass der die Mädchen hat zu sich bringen lassen, ist doch offensichtlich.«

Müde drehte Hollunder seine Handflächen nach oben, als wolle er sich ergeben.

»Die Kollegen von der Bundespolizei am Dortmunder Hauptbahnhof haben Fred Brüning identifiziert, aber nicht Thorsten Schmidt. Die Fahndung nach den

Mädchen läuft, aber mehr als ihre Fotos haben wir nicht. In Rumänien sind sie nicht als vermisst gemeldet, sofern der Abgleich der Bilder überhaupt funktioniert hat.«

37

»Da kommt die Drecksau. Und hat tatsächlich so ein junges Ding bei sich, das perverse Schwein!«

Flüsternd schaute Manni durch das Nachtsichtglas.

»Wusste ich es doch«, antwortete Robert zufrieden. »Die letzten Gelegenheiten, seinem erotischen Hobby in Deutschland zu frönen, wird er sich nicht nehmen lassen.«

»Und was jetzt? Sollen wir den Hollunder anrufen, damit er den Kerl hopsnehmen kann?«

»Manni, es ist kurz nach zehn. Mal ganz abgesehen davon, dass der Kommissar schon längst zuhause die Füße hochlegt, während wir seit über einer Stunde im kalten und dunklen Auto hocken – was willst du ihm denn sagen? Haben den Schmidt beim Spaziergang mit einem jungen Mädchen erwischt?«

»Sollen wir etwa warten, bis die Sau die Kleine flachlegt? Robert, das kann nicht dein Ernst sein.«

»Wir können nur reagieren, Manni. Und dem Schmidt folgen. Ich nehme nicht an, dass er mit der Kleinen zu sich fährt. Und wohl auch kaum in ein Hotel.«

»Er geht weiter zum Parkplatz. Schmeiß den Motor an, Robert, aber mach noch kein Licht. Wir warten, bis er auf die Hauptstraße fährt.« Manni wechselte das Glas, statt des Nachtsichtgerätes nahm er nun ein normales Fernglas. »Ist jetzt hell genug und gleich, auf der Straße, behalten wir ihn einfach im Auge.«

Robert starrte angestrengt auf das Auto, in dem Thorsten Schmidt mit dem Mädchen saß. Er achtete darauf, zwei bis drei andere Wagen zwischen ihnen zu lassen, um nicht auf- zufallen. »Verdammt, gar nicht so leicht. Im Fernsehen sieht das einfacher aus. Manni, pass mit auf, damit wir ihn nicht verlieren.«

»Was glaubst du, was ich hier mache, Schlaumeier? Ist aber auch noch ganz schön viel Verkehr für diese Uhrzeit.«

Sie fuhren über den Dortmunder Innenstadtring, Schmidt wechselte häufiger die Fahrspur. »Entweder kennt der sich hier nicht aus oder der will testen, ob ihm einer folgt.«

»Kann sein, Manni, ich glaube, der ist ziemlich nervös. Bislang hat der Brüning für ihn diese Fahrten gemacht.«

»Ich bin sicher, der biegt gleich rechts auf die B54 ab und dann geht's Richtung Autobahn.«

»Denke ich auch, scheinbar will er zurück nach Gelsenkirchen.«

Robert verringerte den Abstand zu Schmidts Wagen, um ihn im dichten Verkehr auf der B54, die aus Dortmund herausführt, nicht zu verlieren.

»Sei vorsichtig, verflucht. Da, sag's ich doch, der setzt den Blinker, ab auf die B1 und dann zur A40.«

»Verdammt, jetzt fängt es auch noch an zu regnen. Scheiße, verdammte, ich sehe kaum noch was!«

»Ganz ruhig, Robert, ganz ruhig. Wir bleiben dran, ganz locker.«

Schmidt fädelte seinen Wagen von der Beschleunigungsspur in den fließenden Verkehr und zog von dort sofort auf die mittlere Spur. Robert versuchte dranzubleiben, blinkte ebenfalls und zog rüber. Wildes Hupen schreckte ihn auf, er riss das Lenkrad nach rechts und bremste scharf.

»So ein Arschloch!«, rief er wütend dem schwarzen Audi hinterher, der ihn überholt und geschnitten hatte. Hektisch blickte er in den Seitenspiegel. Legte den ersten Gang ein und fuhr los. Er blinkte und quetschte seinen Golf vor das Auto, das von hinten kam und bremsen musste. Die Lichthupe des Wagens nahm er schon nicht mehr wahr. »Verdammt noch mal, wo ist der Kerl?« Rücksichtslos zog er auf die mittlere Spur, gab Gas und rauschte durch den abendlichen Verkehr. Das hin und her der Scheibenwischer machte die Sicht nicht besser.

»Verdammt, kannst du ihn sehen?«Manni schüttelte den Kopf.»Scheiße, ich glaube, der ist weg.«

»Der kann nicht einfach weg sein.«

»Jetzt hör auf, mich anzuschreien, kann ich doch auch nix dafür.«

»Ist ja gut, Manni, aber wir müssen den Kerl wiederfinden. Ich bleibe in der Mitte, dann haben wir die anderen Fahrspuren im Blick. Warum fahren eigentlich alle schwarze Autos? Ist doch blöd, besonders nachts. Kann der sich keinen roten Wagen kaufen?«

Manni grinste. »Rot käme bei seinen Managerkollegen

nicht so gut an, glaube ich.«

Sie hatten den Stadtrand von Dortmund erreicht, gleich würde die B1 in die A40 übergehen. Robert zog in der Mitte an dem Audi vorbei, der ihn auf der Auffahrt geschnitten hatte.

»Vollidiot«, murmelte er dabei, konzentrierte sich aber schnell wieder auf den schwarzen Mercedes E-Klasse von Thorsten Schmidt.

»Da ist er, brems, verdammt, brems!«

Mannis Warnung kam zu spät. Robert fuhr genau in dem Moment links an Thorsten Schmidt vorbei. Der schaute aus dem Fenster. Manni versuchte blitzschnell, sich zu ducken.

»Scheiße, verdammte, fahr links rüber und lass dich zurückfallen, wir müssen hinter ihn.«

»Ist ja gut, Manni. Verdammt, meinst du, der hat uns erkannt?«

»Wenn überhaupt, dann mich, dich kennt er ja nicht. Schien aber gar nicht überrascht zu sein. Weiß ich nicht, kann ich nicht sagen. Und jetzt geh vom Gas, auch wenn die Idioten hinter dir hupen.«

Robert sah, wie Thorsten Schmidt an ihnen vorbeirauschte, setzte den Blinker und quetschte sich auf die rechte Fahrspur.

»So, jetzt haben wir ihn wieder im Blick. Noch mal entwischt er uns nicht.«

»Wieso uns?«, grinste Manni.

Der Verkehr lief jetzt störungsfrei, es regnete nicht

mehr und Robert ließ diesmal nur ein Auto zwischen ihnen. Sie passierten die Ausfahrt Dortmund-Kley und bewegten sich in gleichbleibendem Tempo auf die Raststätte Beverbach zu.

»Den Förderturm wollte ich mir mal aus der Nähe angucken«, sagte Manni und deutete auf den schemenhaft erkennbaren Koloss aus Stahl.

»Das muss jetzt noch ein bisschen warten, Kollege. He, was macht der da, ist der verrückt?«

Thorsten Schmidt hatte die letzte Möglichkeit genutzt, auf die Raststätte abzubiegen. Er riss seinen Wagen nach rechts, kam etwas ins Schleudern und verpasste die Leitplanke nur knapp.

»Der hat uns verarscht«, knurrte Manni. »Los, fahr die nächste Abfahrt runter, dann in Gegenrichtung wieder rauf, wieder ab und zurück. Wenn wir Glück haben, erwischen wir ihn dann noch.«

»Kostet uns aber locker zehn Minuten. Scheiße, verdammte!«, fluchte Robert und schlug mit der flachen Hand aufs Lenkrad.

In Lütgendortmund fuhr er ab und in Gegenrichtung auf die A40 auf. Dann, an der Ausfahrt Kley, wieder runter und in Kley in Fahrtrichtung Bochum auf. Als sie endlich wieder die Raststätte erreicht hatten, waren genau sieben Minuten vergangen. Robert fuhr langsam auf den Parkplatz, sie spähten links und rechts nach Schmidts Mercedes, nichts.

»Ob der sich nebenan zwischen des Lkw versteckt hat?«

»Nicht anzunehmen, da ist um diese Uhrzeit kein Platz.

Ich glaube, der ist weg, Robert. Halt mal da vorne an, ich muss eine rauchen.«

Robert parkte seinen Golf am Ende des Platzes. Er stieg aus und sah sich um, so, als könne er von dort aus mehr sehen. Er holte seinen Tabak aus der Hemdtasche und drehte sich eine Zigarette. Als er sie sich ansteckte, hielt neben ihm mit quietschenden Reifen ein Auto. Überrascht drehte er sich um. Es war der schwarze Audi, der ihn in Dortmund geschnitten hatte. Die Beifahrertür öffnete sich und Robert stand vor einem sehr wütenden Kommissar Hollunder.

»Sie verdammter Amateur! Sie haben die ganze Observation vermasselt«, brüllte der ihn an. »Ich hätte nicht übel Lust, Sie die Nacht in einer Zelle verbringen zu lassen, verdammt noch mal. Morgen um acht in meinem Büro, Sie beide!«

Hollunder knallte die Tür wieder zu und der Audi setzte zurück.

»Der ist aber mächtig sauer«, bemerkte Robert tonlos.

»Ja, da können wir uns morgen was anhören, glaube ich«, antwortete Manni. »Aber ganz erfolglos war die Aktion doch nicht.«

»Was meinst du damit, verstehe ich nicht.«

»Auf dem Rücksitz saß die Kleine, die der Schmidt in Dortmund aufgegabelt hatte.«

38

»Es geht um Wasser.« Robert hatte mit Manni vor dem Schreibtisch des Kommissars Platz genommen und ließ den gar nicht erst zu Wort kommen. »Um Wasser und um sehr viel Geld.«

»Es geht um Ihre Schuld an einem versauten Einsatz, meine Herren. Darum, dass wir Thorsten Schmidt auf frischer Tat hätten ertappen können, was Sie mit Ihrem dilettantischen Auftreten verhindert haben.«

Robert spürte, dass der Kommissar auf Betriebstemperatur kam.

»Da sehen Sie mal, was eine mangelnde Absprache so alles anrichten kann.«

»Mangelnde Absprache?« Hollunder war aufgesprungen und laut geworden, sehr laut. »Glauben Sie ernsthaft, dass wir uns mit Ihnen absprechen? Sind Sie größenwahnsinnig? Sie Amateure haben sich da rauszuhalten, verdammt, ich werde Sie ...«

... mit Respekt behandeln«, ergänzte Manni und sah ernst in das ungläubige Gesicht des Kommissars. »Ich erzähle Ihnen jetzt eine Geschichte. Sie beginnt damit, dass mehrere Bauern einer Agentur in einem exklusiven Vertrag das Recht einräumen, auf ihrem Grund Pumpstationen zu errichten und das Grundwasser zu fördern. Dass es so viel ist, wie das Unternehmen möchte, und ihren Boden trockenlegen könnte, wird ihnen erst später klar. Zufällig kommen alle Bauern, die mit diesen Verträgen an die Öffentlichkeit gehen wollen, ums Leben, bei sehr fragwürdigen Unfällen. Offiziell steht diese Agentur in keiner Verbindung zu Teslen, der Thorsten Schmidt vorsteht. Aber nicht mehr lange, dann geht er nach Kalifornien. Teslen betreibt das Geschäft mit dem Wasser schon seit einigen Jahren rücksichtslos in vielen Ländern der Welt, völlig egal, ob dabei die

Bevölkerung dursten muss oder die Böden verdorren und die Leute verarmen. Und genau das machen die jetzt auch bei uns, hier an der Ruhr. Nur fällt es uns noch nicht so auf. Noch nicht. Aber das wird kommen, in wenigen Jahren. Dann fließt durch die Ruhr nur noch dreckiges Wasser, das saubere saugt Teslen vorher ab. Ein großes Geschäft, milliardenschwer. Gefällt Ihnen meine Geschichte?«

Hollunder und Robert sahen Manni schweigend an. Es waren nicht nur die kurzen Haare, die neu an ihm waren.

»Herr Kobalewski, das mag alles sein. Aber ich ermittle in dem Tötungsdelikt Fred Brüning. Der hatte nichts mit Wasser zu tun, der war nur der Chauffeur des Geschäftsführers. Offensichtlich hat er versucht, den zu erpressen, mit Fotos von jungen Mädchen, die Thorsten Schmidt scheinbar missbraucht hat. Und der Tod von Fred Brüning war alles andere als fragwürdig, der war sehr konkret: eine Kugel in die Stirn, fertig. Wie passt der in Ihre Geschichte?«

»Gar nicht«, gab Manni zu, »außer dass auch in diesem Fall der Auftraggeber Thorsten Schmidt heißen könnte.«

»Dafür gibt es nicht die geringsten Hinweise. Bei keinem der drei Fälle haben wir Hinweise auf ein Fremdverschulden gefunden. Und wir sind gründlich, meine Herren«, setzte der Kommissar hinzu.

»Also hat der Schmidt die besten Chancen, sich in die Staaten abzusetzen«, stellte Robert fest.

»Der setzt sich nicht ab, wie Sie sagen, Herr Werner. Er reist völlig legal dort ein, um an seinem neuen Arbeitsplatz tätig zu werden. Und falls wir noch

Indizien oder Zeugen finden, die auf ihn als Täter hinweisen, ist es kein Problem, seiner wieder habhaft zu werden«, ließ Hollunder den Beamten raushängen. »Wie Sie vielleicht wissen, gibt es zwischen den USA und der EU ein Auslieferungsabkommen.«

»Mit möglichen Zeugen meinen Sie das junge Mädchen, das Sie auf dem Rastplatz aufgelesen haben«, setzte Manni das Gespräch fort.

Hollunder nickte. »Wir wissen noch nicht, was sie uns mitzuteilen hat. Sie ist sicher untergebracht und im Laufe des Tages werden wir mithilfe eines Dolmetschers die ersten Gespräche führen. Erst dann können wir einschätzen, welchen Wert sie als Zeugin für uns haben wird.«

Manni und Robert nickten und wollten gehen.

»Bevor Sie mich verlassen, noch eine Frage, meine Herren. Sie sprachen von einer Agentur, mit der die Landwirte Verträge abgeschlossen hatten. Haben Sie den Namen dieser Agentur?«

Manni konnte sich ein Grinsen nicht verkneifen – der Kommissar bat sie um Hilfe.

»River Invest nennt sich die, hat ihren Sitz in Bochum. Schönen Tag noch.«

39

Robert saß mit dem ersten Kaffee in seinem Büro und

blätterte in der Tageszeitung. Nur das Übliche: Vereinsjubiläen, Fotos von irgendwelchen Volksfesten, Parteienvertreter, die sich gegenseitig politisches Versagen vorwarfen, nichts, das ihn interessierte. Er verschluckte sich an seinem Kaffee, als plötzlich die Tür aufging und ein etwas dicklicher Mann eintrat. Hier kam sonst fast nie jemand in seine Detektei, und schon gar nicht um viertel nach acht. Er kannte den Mann, hatte ihn schon irgendwo gesehen.

»Hemwirt, Werner Hemwirt«, stellte der sich vor und hielt Robert die rechte Pranke hin.

Vorsichtig nahm der sie und hoffte, dass diese Hand, die scheinbar schweres Arbeiten gewohnt war, die seine nicht in Mus verwandeln würde. Aber die Stimme erkannte er sofort wieder. Er hatte den Mann bei seinem Spaziergang nahe des Kemnader Sees kennengelernt.

»Angenehm, Robert Werner. Ich erinnere mich an Sie, wir haben uns schon einmal kurz gesprochen, zufällig, vor wenigen Tagen. Ich bin etwas überrascht, dass Sie hier auftauchen. Was führt Sie zu mir?«

Schwerfällig setzte sich der Mann in den Stuhl vor Roberts Schreibtisch. Als verursachte ihm jede Bewegung Schmerzen, öffnete er nur langsam sein dunkles, abgetragenes Jackett und stützte sich mit der Hand auf der Armlehne ab.

»Ich habe Ihre Adresse von Maria Meier, meiner Nachbarin. Sie hat mir erzählt, dass Sie für sie arbeiten, wegen ihres toten Mannes«, sprach er langsam und leckte sich dabei öfter die Lippen. Ein Husten unterbrach seine Erklärung. »Ich habe sie angesprochen, weil ich auch auf ihrem Grundstück so eine Pumpe entdeckt habe. Und sie hat mir gesagt, dass sie mit dieser Agentur, dieser River Invest, einen Vertrag haben. Abgeschlossen hat ihn noch ihr Mann, aber er gilt natürlich auch für sie. Tja, und dann haben wir geredet, über diesen Vertrag, und sie hat ihn mir gezeigt. Ich habe nämlich auch so einen abgeschlossen, wissen Sie, wegen des Schadenersatzes vom Land, den ich zahlen sollte. Und da steht drin, dass die so viel Wasser abpumpen dürfen, wie sie wollen, unbegrenzt. Ist natürlich anders formuliert, wie das bei Verträgen so ist. Ich meine, damit lege ich mir doch meinen eigenen Brunnen trocken, und den brauche ich doch!«

»Wieso haben Sie dann diesen Vertrag abgeschlossen?«

Obwohl er ihm kaum Platz bot, rutschte der Mann in seinem Stuhl hin und her.

»Na ja, wie gesagt, die wollten sich um alles kümmern, um den Rechtsstreit und die Forderungen des Landes. Ich konnte mir das nicht leisten und da habe ich zugestimmt. Und außerdem«, setzte er verlegen lächelnd hinzu, »dachte ich: Da wird schon genügend für dich überbleiben, wird schon nicht so schlimm werden.«

»Und wie soll ich Ihnen jetzt helfen?«

Robert tat der Mann leid, aber er hatte keine Idee, wie er ihm nutzen konnte.

»Ich wollte wissen, ob Sie schon etwas rausgefunden haben. Ich meine, da sind Landwirte, die solche Verträge hatten, und die sterben dann, kurz nacheinander. Ist doch merkwürdig, oder? Und von Maria weiß ich, dass ihr Mann mit diesem Vertrag zu einem Anwalt und zur Zeitung gehen wollte. Auch wenn da drinstand, dass er sich zu strengster Verschwiegenheit verpflichtet, wie die das formuliert haben.«

»Und Sie wollen das jetzt auch?«, hakte Robert nach.

»Ich habe ja versucht, den Vertrag noch etwas zu ändern, also dass genug Wasser für mich bleibt, aber das haben die abgelehnt, ganz klar«, wich ihm der Mann aus. »Hier, ich habe den Vertrag mal mitgebracht, können Sie gerne lesen.«

»Darf ich mir davon auch eine Kopie machen?«, beeilte er sich zu fragen, als er das wenige Seiten dünne Dokument in seiner Hand hatte.

»Bitte, aber nur für Ihre Unterlagen, hören Sie!«

»Selbstverständlich. Herr Hemwirt, die Ermittlungen der Polizei haben in allen Fällen ergeben, dass es Unfälle waren, bei denen Ihre Kollegen ums Leben kamen. Ich habe deshalb mit dem zuständigen Beamten gesprochen. Sie brauchen also keine Angst haben, dass Ihnen jemand an den Kragen will«, stellte Robert mit einem Lächeln und einem schlechten Gewissen klar.

»Ich will denen ja nichts Schlimmes«, beeilte sich der Landwirt klarzustellen. »Immerhin werden die einiges an Geld bezahlt haben, damit das Land Ruhe gibt, und dafür bin ich denen auch dankbar.« Damit erhob sich Werner Hemwirt mühsam, reichte Robert seine Pranke und verließ das Büro.

»Keinen Cent hat die das gekostet«, murmelte er halblaut vor sich hin. »Das hat der Schmidt bei einem seiner Treffen im Ruhr Verein erledigt. Schließlich gehören Vertreter des Landes auch zu der ehrenwerten Runde. Die haben dein Wasser völlig kostenlos bekommen.«

Den Mann, der dem Landwirt unauffällig folgte, bemerkte er bei seinem Blick aus dem Schaufenster nicht.

»Bitte sehr. Aber von mir haben Sie den nicht.«Robert reichte dem Kommissar die Kopie des Vertrages hinüber. Der sah sich die Seiten an und überflog sie. »Und das ist die Grundlage für ein gutes Geschäft, meinen Sie?«

»Aber sicher, Herr Kommissar. Der Schmidt erledigt die Forderungen des Landes, in kleinem Kreis hinter verschlossenen Türen. Ob dabei Geld fließt, weiß ich nicht. Aber sicher ist, das Teslen das Wasser für viel Geld verkauft, als Ruhr Kristall, ist seit kurzer Zeit auf dem Markt. Teslen hat extra eine Abfüllanlage gekauft, die scheinen von ihrem Erfolg sehr überzeugt. Reines Wasser von den Ruhrwiesen, ohne Einleitungen, wie auf dem Etikett steht. Und bald wird noch eine Kampagne starten, für Ruhr Kristall und, unterschwellig, gegen das Wasser aus dem Fluss. Seht her, wir haben die Ursachen der Verschmutzung der Wiesen beseitigt, aber die Industrie leitet weiter fleißig ein. Rein zufällig hat gerade jetzt der Prozess gegen den Geschäftsführer der Firma begonnen, die den verseuchten Schlamm an die Bauern verkauft hat. Es sind übrigens hunderte, die Kunden dieser sogenannten Umweltfirma waren. Auch einige Mitarbeiter der belgischen Firma, die das Gift nach Nordrhein-Westfalen gebracht haben, stehen vor dem Kadi.«

»Können Sie irgendeine Ihrer Behauptungen auch

belegen?«

»Die Pumpen gibt es, die Verträge gibt es, River Invest tritt als Lieferant von Teslen auf, die Kampagne pro Ruhr Kristall und gegen die Ruhr wird kommen, das ist sicher. Die Gespräche von Schmidt im Ruhr Verein kann ich natürlich nicht belegen«, gab Robert zerknirscht zu.

»Und nichts davon ist verboten«, warf Hollunder ein. »Aber es stinkt, ganz gewaltig. Auch das, was hinter den Kulissen passiert, müssen wir beweisen, sonst hat es keinen Wert.«

Hatte der Kommissar tatsächlich »Wir« gesagt?»Gibt es etwas Neues bei der Suche nach dem Mörder von Fred Brüning?«

»Geht Sie zwar nichts an, aber ich sage es Ihnen trotzdem, kaputtmachen können Sie in der Angelegenheit ja nichts. Die Kollegen von der Bundespolizei haben die drei gesuchten rumänischen Mädchen aufgegriffen, am Bahnhof von Hannover. Die Identifizierung läuft, scheinbar werden die drei von Stadt zu Stadt weitergereicht.«

»Ekelhaft.« Angewidert verzog Robert den Mund. Ihm wurde schlecht, als er sich vorstellte, was diese Menschenhändler mit den Mädchen machten. Und die Freier.

»Dann besteht vielleicht doch noch eine kleine Hoffnung darauf, dass sie Thorsten Schmidt als Kinderschänder identifizieren.«

»Darauf würde ich nicht setzen, Herr Werner, das ist mehr als fraglich. Die Mädchen haben Angst, große Angst vor dem, was passiert, wenn sie wieder frei sind.

Wir müssen versuchen, Vertrauen aufzubauen, und das braucht Zeit. Mit Strafen oder Drohungen kommen Sie bei denen nicht weit. Und jetzt entschuldigen Sie mich bitte.«

Robert verließ das Gebäude am Wildenbruchplatz und fuhr in sein Büro. Wie zu erwarten, hatte er keine Post, in seinen E-Mails fand er nur Werbung. Er griff zum Telefon und rief Manni an. Er zögerte, bevor er seine Nummer wählte, es fiel ihm nicht leicht. Er würde ihm von den neuesten Entwicklungen und Gesprächen berichten. Und von seinem Entschluss, den er gefasst hatte.

40

Schnell flitzte der billige Kugelschreiber über das karierte Papier. Seine starken, aber dennoch schlanken Finger führten das Schreibgerät, unterbrochen von den beobachtenden Blicken, die er seinem nächsten Ziel widmete. Wie immer beobachtete er ihn aufmerksam, versuchte, seine Gewohnheiten herauszufinden, was er wann und wo erledigte, welche Menschen er aus welchen Gründen besuchte, zu welchen Uhrzeiten und mit welchem Verkehrsmittel. Hatte er feste Gewohnheiten? Feste Zeiten? War sein Verhalten strukturiert und damit für ihn planbar? Obwohl der Mann ihn nicht sehen, seine Anwesenheit nicht einmal ahnen durfte, musste er ihm nahe, sein Schatten sein. Was von seinem Wissen über den Mann für ihn tatsächlich wichtig war, würde sich erst später herausstellen, nach der Tat.

Im Gegensatz zu vielen anderen war das Verhalten des Mannes nicht einfach. Er hatte keinen regelmäßigen

Lebenswandel, selbst seine Bürozeiten hielt er oft nicht ein. War er an seinem Schreibtisch, konnte es jederzeit passieren, dass er zu Observationen oder Recherchen aufbrach, auch am späten Abend. Dann diese unregelmäßigen Fahrten nach Iserlohn, wo er gelegentlich über Nacht blieb, in diesem wunderschönen weißen Haus in der Nähe des Sees, bei dieser eleganten Frau. Und trotzdem hatte er bereits eine Menge erfahren über diesen schlaksigen schwarzhaarigen Detektiv. Ihn zu überwältigen würde ein Leichtes sein. Oft war er nachdenklich, in sich gekehrt, nahm seine Umwelt kaum wahr, vor allem, wenn er zu Fuß unterwegs war. Der Mann verstand es scheinbar nicht, abzuschalten, sich von seiner Aufgabe begrenzte Zeit zu distanzieren. Und er bewegte sich viel in seinem Stadtteil, diesem merkwürdigen Ückendorf. Diesem Stadtteil, in dem er sich sehr wohlfühlte, in dem er sein ganzes Leben verbracht hatte. Und in dem er in zwei Tagen sterben würde.

41

Es dämmerte bereits, als sie ihren schwarzen Mercedes in der Auffahrt parkte. Sie suchte in ihrer Handtasche nach dem Haustürschlüssel, nahm ihn heraus und steckte ihn ins Schloss. In diesem Moment machte er zwei Schritte aus dem Gebüsch heraus und presste ihr das mit Chloroform getränkte Tuch auf Mund und Nase. Mit dem linken Arm hatte er ihren Oberkörper und ihre Arme fest im Griff. Sie wehrte sich heftig, versuchte zu schreien, aber mehr als ein unterdrücktes Stöhnen war nicht zu hören. Er zwang ihren sich windenden Körper an seinen. Ein erregender Moment – wie immer, wenn er ein Opfer überwältigte. Ihr Kampf dauerte nur wenige Sekunden, dann sackte sie langsam in sich zusammen. Noch einen Moment ließ er das Tuch auf ihrem Gesicht, dann schleppte er ihren schlaffen Körper zu seinem Wagen, der am Straßenrand stand. Mühelos brachte er die kurze Strecke hinter sich, sie hatte das Gewicht eines Mädchens. Wie an den Abenden zuvor war niemand unterwegs, es bestand keine Gefahr. Er setzte ihren leichten und elastischen Körper auf den Beifahrersitz und schnallte sie an. Sollte sie jemand sehen oder kontrollieren, sah es so aus, als würde sie friedlich schlafen. Dann holte er ihre kleine schwarze Handtasche, die vor der Haustür lag, und den Schlüssel, der noch im Schloss steckte.

Die Fahrt nach Gelsenkirchen ging schnell und problemlos, mittlerweile war es fast ganz dunkel. Er achtete darauf, sich an die Geschwindigkeitsbegrenzungen zu halten. Er wollte nicht auffallen. Seinen Wagen parkte er in Ückendorf auf der alten Industriebrache von »Berchem & Schaberg«. Sie stand seit vielen Jahren leer, die alten Backsteingebäude waren dem Verfall überlassen. Die meisten Scheiben waren eingeworfen, im Inneren tropfte Wasser von der Decke und von alten Rohren. Pfützen hatten sich auf dem Boden gebildet, es roch muffig und feucht. Graffitis an den Wänden zeugten davon, dass sich gelegentlich Jugendliche hier trafen, ebenso die leeren Flaschen auf dem Boden. Schlafplätze von Obdachlosen hatte er bei seinen Kontrollgängen keine gefunden. Heute Abend waren die alten Gebäude menschenleer, dafür sorgte der Gestank der Buttersäure, die er seit einigen Tagen hier ausbrachte. Er zog sein immer noch ohnmächtiges Opfer in den kleinen fensterlosen Raum, den er sich ausgesucht hatte. Die Stahltür war zwar verrostet, aber stabil, und schloss den Raum dicht ab. Er vermutete, dass dies früher ein kleiner Pausenraum gewesen war. Ein alter Stuhl und das verrostete Gestell eines Tisches hatten ihn auf die Idee gebracht, dass sich früher erschöpfte Arbeiter von der schweren Maloche hier erholt hatten. Er legte Sylvia Behnke auf die Matratze, die er hergebracht hatte. Dabei musterte er ihren schlanken Körper, der luxuriösere Unterlagen als eine fleckige Matratze gewohnt war. Sie würde noch eine ganze Weile schlafen, das war sicher. Und wenn sie Glück hatte, würde sie ohne noch einmal aufzuwachen in ihren Tod hinübergleiten.

Er nahm das Handy seines Opfers aus der Handtasche, verließ das alte Gebäude und sog die frische, kühle Luft des Abends ein. Am Himmel zeigten sich die ersten Sterne. Die hatten ihn schon als Kind fasziniert. Niemals hatte er einen schöneren, klareren Sternenhimmel gesehen als in den Bergen Afghanistans. In manchen Nächten war es so hell gewesen, dass sie ohne Nachtsichtgeräte auskamen. Dann zog er sein Handy aus der Jackentasche und rief Robert Werner an. Er hoffte, dass der noch nüchtern war. Gestern hatte er wieder mit seinem Kumpel und Kompagnon, diesem Manni, getrunken. Er verachtete Menschen, die tranken. Sie waren schwach. Dieser Werner würde sicher nicht an dieser Sucht zugrunde gehen, lächelte er.

»Robert Werner.«

Der Stimme war die Überraschung, um diese Zeit noch gestört zu werden, anzuhören. »Ich habe Ihre Freundin in meiner Gewalt und ich werde nicht zögern, sie umzubringen, wenn Sie nicht das tun, was ich sage. Und ich wiederhole mich nicht. Als Beweis, dass sie tatsächlich in meiner Obhut ist, nehmen Sie Ihr Handy und rufen Sie Sylvia Behnke an. Sie werden das

Klingeln sofort hören, weil ich das Handy von ihr in meiner Hand habe.«

Er machte eine Pause und wartete, bis Sylvia Behnkes Handy klingelte. »Also, Herr Werner ... Nein, unterbrechen Sie mich nicht, nicht noch einmal. Sie kommen sofort auf das ehemalige Grundstück von Berchem & Schaberg, Sie wissen, wo das ist. Ich erwarte Sie in maximal fünf Minuten. Sollten Sie es in dieser Zeit nicht schaffen, wird das Ihre Freundin büßen müssen. ... Nein, ich werde Sie nicht umbringen. Ich werde Dinge mit ihr machen, dass sie sich wünscht, es wäre der Tod. Und selbstverständlich keine Polizei, Herr Werner. Bis gleich.«

Robert starrte fassungslos auf den Hörer. Was war das? Ein Albtraum? Tatsächlich wahr? Sylvia in der Hand des Mörders? Nur fünf Minuten Zeit? Er riss seine Jacke vom Stuhl und stürzte hinaus. Nein, er brauchte seine Taschenlampe. Er rannte zurück in die Küche, nahm die Lampe aus dem Regal und knallte seine Tür zu. Fünf Minuten! Er spürte, wie ihn die Panik übermannte, Sylvia in der Hand eines Irren.

Ruhig, Robert, du musst ruhig bleiben, vernünftig sein! Mit zittrigen Fingern schloss er seinen alten Golf auf und klemmte sich hinters Steuer. Er startete den Wagen, der Motor heulte auf und er fuhr mit quietschenden Reifen vom Parkplatz. Das aufgebrachte Hupen hinter sich nahm er nicht wahr. Fünf Minuten! Er bog auf die Ückendorfer Straße ein, gab Gas und erwischte die nächste Ampel noch bei Dunkelgelb. Schnell, viel zu schnell fuhr er weiter.

Ruhig, Junge, ganz ruhig, du darfst dich auf keinen Fall von den Bullen erwischen lassen! Er nahm den Fuß vom Pedal und fluchte wild, die Ampel vor der

Kreuzung stand auf Rot. Gelb, Grün. Aber die Arschlöcher vor ihm blieben stehen, diese Idioten unterhielten sich durch die runtergelassenen Seitenscheiben. Robert hupte, voller Wut. Einer zeigte ihm lässig den Stinkefinger. Er wollte den Gurt lösen, außer sich. Aber er hatte sich gar nicht angeschnallt. Er riss die Tür auf und stürmte auf den tiefergelegten Audi zu. Als er den Fahrer des vor ihm stehenden Wagens erreicht hatte, gab der Gas. Weg, die Kreuzung war frei. Er rannte zurück zu seinem Wagen, sprang hinein und fuhr mit durchdrehenden Reifen los. Die nächste links. Er bog scharf ab und hielt neben den heruntergekommenen Gebäuden. Vier Minuten. Er schnappte die schwarze Mag-Lite und lief hinüber. Die Reste des Maschendrahtzaunes waren kein Hindernis. Kein Licht. Wo sollte er suchen? Robert lief um das Gebäude, bis er einen Durchlass fand, der auf einen kleinen Hof führte. Der Lichtkegel der Lampe zuckte über dunkle Mauern. Er unterdrückte den Schrei, als der Schlag ihn traf. Sein Unterarm schien gebrochen, die Lampe fiel zu Boden und leuchtete ein erschrockenes Kaninchen an, das hektisch das Weite suchte. Er zwang sich, die Augen wieder zu öffnen, suchte nach dem Mann, der ihn geschlagen hatte. Dessen Augen hatten sich schneller an die Dunkelheit gewöhnt.

»Guten Abend, Herr Werner. Machen Sie keinen Unsinn, verhalten Sie sich kooperativ. Drehen Sie sich um und lehnen Sie sich an die Wand, ich werde Sie jetzt abtasten.«

»Ich habe keine Waffen, wenn Sie das meinen. Wo ist Sylvia, ich will sie sehen!«

»Ich gebe die Befehle! Drehen Sie sich um.«

Robert konnte die Wand vor ihm nur schwach erkennen, sie fühlte sich feucht an, als er seine Hände daran legte. Der Mann klopfte seine Beine ab, dann seinen Oberkörper und die Arme. Als Nächstes untersuchte er seine Jacke. Als er das Handy fand, zog er es aus der Innentasche und warf es weg.

»Umdrehen.«

Robert sah den Mann an. In der Dunkelheit konnte er nur vage sein Gesicht erkennen: Er trug keinen Bart, hatte starke Wangenknochen und kalte blaue Augen.

»Ihre Hände.«

Robert streckte seine Hände vor. Der Unbekannte nahm einen Kabelbinder aus der Tasche, legte ihn um seine Handgelenke und zog ihn mit einem harten Ruck zu. Das Plastik schnitt in Roberts Haut, aber der spürte den Schmerz nicht.

»Wo ist sie und was haben Sie mit uns vor, Sie verdammtes Dreckschwein?«

»Gehen Sie vor, da ist die Tür.« Der Mann wies auf die Wand gegenüber. Robert setzte sich in Bewegung, der Boden vor ihm war feucht, aber er konnte keine Gegenstände sehen, die ihn ins Straucheln bringen konnten. Langsam näherte er sich der Tür, zog sie mit seinen gefesselten Händen auf und ging hinein. Von links sah er einen schwachen Lichtschein, der durch eine Tür drang.

»Da hinein.«

Es waren nur wenige Meter bis zu der Stahltür. Als er sie aufmachte, sah er Sylvia auf einer Matratze liegen, bewusstlos.

»Was ist mir ihr? Was hast du ihr getan? Bei Gott, ich schwöre dir, ich bringe dich um, wenn ihr etwas fehlt«, rief er voller Angst und Wut.

Der Schlag auf den Hinterkopf traf ihn völlig unerwartet. Robert spürte, wie seine Knie nachgaben, und er stürzte, versuchte noch, sich mit seinen Unterarmen abzustützen. Er konnte es vermeiden, mit dem Kopf aufzuschlagen, drehte sich stöhnend auf die Seite und blickte in Sylvias Gesicht. Sie sah friedlich aus, hatte scheinbar keine Schmerzen.

»Was ich mit euch vorhabe, willst du wissen? Ganz einfach, ich werde euch umbringen. Nicht, weil ich etwas gegen euch hätte, aber ich werde dafür bezahlt. Und es ist besser, du wehrst dich nicht, dann geht es schneller.«

»Ich weiß nicht, für wen du arbeitest«, stöhnte Robert, »aber wir haben Geld. Du kriegst das Doppelte von dem, was dir dein Auftraggeber zahlt, wenn du uns laufen lässt.«

Der Mann lachte kurz auf. »Keine Chance, ich habe einen Ruf zu verlieren.«

»Wer will unseren Tod? Du kannst es ruhig sagen, wenn wir sowieso bald sterben.«

«Und du brauchst gar nicht versuchen zu schreien, hier ist weit und breit kein Mensch«, überging der Killer Roberts Frage. »Es wird schnell gehen, Kohlenmonoxid wirkt inner- halb weniger Minuten. Ich leite es durch ein kleines Loch in der Wand ein. Habt eben Pech gehabt bei eurer schnellen Nummer zwischendurch, den falschen Ort ausgesucht. Alte defekte Leitungen gibt es hier jede Menge.«

»Man wird uns schnell vermissen«, wandte Robert ein und wusste, dass er damit nichts ausrichtete. Aber er brauchte Zeit. Immerhin schaffte er es, auf die Knie zu kommen. Sein Kopf schmerzte höllisch und erst jetzt spürte er das Blut, das ihm in den Nacken lief.

»Möglich, aber man wird euch nicht finden. Vielleicht, wenn die Gebäude abgerissen werden, aber dann ist von euch nichts mehr übrig. So, Zeit zu gehen.«

Robert sah, dass der Killer ein Vorhängeschloss aus seiner Tasche holte. Nur noch einen kurzen Moment, dann würde er sie einschließen. Und umbringen. Robert schnellte auf, zog die Schulter vor, um seinen Kopf zu schützen. Er traf den Mann mit voller Wucht. Der stöhnte auf, als er mit der Schläfe auf die Ecke der Mauer schlug, und ging leicht in die Knie. Instinktiv hob er die Hände über seinen Kopf, um einen weiteren Angriff abzuwehren. Das Pfefferspray! Sylvia hatte immer welches in der Handtasche. Hoffentlich hatte es der Killer nicht rausgenommen. Robert sprang von der Tür zur Matratze, kippte Sylvias Handtasche aus. Da! Die kleine schwarze Sprühflasche. Er schnappte sie sich, bevor sie von der Matratze kullern konnte. Er richtete sich auf. Mit zwei Schritten war er bei dem Mörder, der jetzt wie ein Boxer in der Ecke stand, die Fäuste erhoben, bereit zum Angriff. Robert sprühte, einmal, zweimal, dreimal. Der Mann schrie auf, als das Pfefferspray seine Augen traf. Robert legte nach. Dann packte er den blinden, schreienden Killer an der Schulter, riss ihn zur Seite und brachte ihn mit einem Fußfeger zu Fall. Sylvia bekam von dem Kampf nichts mit. Robert riss sie hoch und wunderte sich darüber, wie leicht es ihm fiel. Dann schleppte er sie raus, hielt sie umklammert und knallte mit der Schulter die Tür zu. Frei! Sie waren frei! Von drinnen hörte er ein

Stöhnen und dumpfe Geräusche. Der Killer kam scheinbar wieder auf die Füße. Er musste die Tür zusperren, wenn sie sicher sein wollten. Das Schloss! Es musste drinnen auf dem Boden liegen. Sollte er es holen? Zu gefährlich, noch einmal würde sich der Mann nicht überrumpeln lassen. Hektisch suchte er auf dem dunklen Bogen nach einem dünnen rundlichen Gegenstand. Da, an der Wand! Dort lehnte eine alte Eisenstange. Er hob seine gefesselten Arme über Sylvias Kopf, ließ sie zu Boden gleiten und schnappte sich die Stange. Mit zitternden Fingern legte er den Riegel vor und führte die Stange durch das schmale Loch. Sie rührte sich nur wenige Millimeter. Mit beiden Händen drückte er sie weiter runter. Es würde halten, es musste halten. Die Tür erzitterte, der Killer warf sich von innen dagegen. Jetzt glitt die Stange weiter runter, aber nicht durch. Schwer atmend torkelte Robert rückwärts. Er war völlig erledigt, aber sie mussten weg. Sylvia stöhnte leicht, als er erneut die Arme um sie schlang, um sie wegzubringen. Rückwärts ging er aus dem Gebäude, Sylvia hinter sich herziehend. Die kam langsam wieder zu sich.

»Hab keine Angst, ich bin bei dir«, flüsterte er und zog sie weiter hinaus in die feuchte Dunkelheit. Er fand den Durchgang zwischen den beiden Gebäuden, der hinaus auf die Straße führte, sofort wieder. Schwer atmend blieb er an der Wand kurz vor dem Zaun stehen und drückte Sylvia an sich. Sie fasste sich zögerlich mit den Händen an den Kopf, stöhnte leise, bis sie ein kaum hörbares »Wo bin ich?« über die Lippen brachte.

»In Sicherheit, mein Schatz, du bist in Sicherheit.« Er küsste sie auf die Stirn, wagte es aber nicht, sie zu streicheln, aus Angst, sie würde zusammensacken. »Wir müssen weiter, komm.«

Er musste sie jetzt nicht mehr ziehen, sie ging mit ihm, sehr unsicher und wackelig in den Knien, aber sie ging. Auf der anderen Straßenseite lehnte er sie an sein Auto.

»Kannst du stehen?«

Sie nickte. Robert zog die Arme über ihren Kopf und war froh, dass sie tatsächlich stehen blieb. Er musste diese verdammte Handfessel loswerden. Im Auto hatte er kein Messer. Sylvia hatte immer ein kleines Taschenmesser in ihrer Handtasche, aber deren Inhalt lag verstreut auf dem Boden des Raumes, der bis vor wenigen Minuten noch ihr Gefängnis gewesen war. Er lief hinüber zu dem Maschendrahtzaun. Der musste doch irgendwo eine scharfe Kante haben, damit er diesen verdammten Kabelbinder loswurde. Er begann, an einem abgebrochenen Stück des Zaunes das Plastik zu zerfetzen. Erst jetzt, im Licht der Straßenlaterne, sah er, dass der Kabelbinder die Haut über seinen Handgelenken zerschnitten hatte. Er blutete. Ein Auto näherte sich von hinten, die Kegel der Scheinwerfer erfassten ihn. Robert überlegte kurz zu winken, entschied sich aber dagegen. Möglich, dass sie in noch größere Schwierigkeiten kamen, eine fast bewusstlose Frau, ein gefesselter und am Kopf blutender Mann waren nicht gerade vertrauenerweckend. Reifen quietschten, dann hörte er, wie der Wagen zurücksetzte. Robert sah auf: ein Taxi. Es hielt neben ihm, der Fahrer setzte den Blinker und stieg aus. Manni! Es war Manni, der auf ihn zukam.

»Probleme, Kollege?«

»Nee, alles bestens. Ich stehe nur auf Fesselspiele und Sylvia läuft gerne zugedröhnt durch die Gegend.«

Manni grinste. »Dann kann ich ja wieder fahren, wenn

es euch so gut geht. Aber ernsthaft, was ist hier los?«

»Erzähle ich dir unterwegs. Hast du ein Messer im Auto? Ich muss diese verdammte Fessel loswerden.«

»Komm mit.« Manni ging zu seiner Fahrertür, kramte kurz in der Ablage und kam mit einem Schweizer Offiziersmesser wieder. »Super Teil, damit bist du für jede Situation gewappnet.«

Er holte die Klinge heraus, nahm Roberts Hände und zerschnitt mit einer Bewegung das Plastikband. »Das solltest du behandeln lassen, sieht scheiße aus.«

»Später. Hast du Zeit, kannst du mitkommen? Ich fahre mit Sylvia zu mir.«

Manni schüttelte den Kopf. »Du fährst nirgendwohin, nicht in dem Zustand und mit deiner Kopfverletzung. Du musst in ein Krankenhaus, und dahin bringe ich euch. Los, steigt ein.«

Die Behandlung dauerte nur wenige Minuten, Sylvia bekam etwas für ihren Kreislauf, Roberts Kopfwunde wurde mit drei Stichen genäht, seine Handgelenke verbunden. Schlimmer waren die Fragen. Robert log etwas von einem Überfall, bei dem der Angreifer entkommen konnte. Die Polizei würde er später verständigen, wenn er zuhause war. Vor dem Krankenhaus nahm er Sylvia in den Arm, streichelte tröstend ihre Haare, als sie sich an ihn lehnte.

»Alles in Ordnung bei dir?«

Sie nickte. »Ja, mir geht es wieder gut. Robert, wer war

der Mann, was wollte der von uns?«

»Das erzähle ich dir gleich, bei mir, bei einem Glas Wein.«

»Dann los«, drängte Manni. Er parkte seinen Wagen direkt vor Roberts Wohnung im Flöz Sonnenschein 37. »Der bleibt bis morgen hier stehen. Ich hoffe, du hast ein kaltes Bier im Kühlschrank.«

»Kommt rein«, nuschelte Robert und schaute auf die Uhr. Halb zwölf.

Sylvia legte ihre Jacke ab und setzte sich an den runden Küchentisch. »Hast du eine Kopfschmerztablette?«

»Sicher, weißt du doch, ich hole sie dir.«Er nahm eine Flasche Wasser aus dem Kasten, stellte sie mit einem leeren Glas auf den Tisch, dann holte er die Tablette aus dem Badezimmerschrank, schraubte die Flasche Wein auf und brachte alles in die Küche. Dann nahm er zwei Flaschen Bier aus dem Kühlschrank, eine reichte er Manni, die andere stellte er vor sich auf den Tisch.

»Prost.« Müde hob er die Flasche, nahm einen kräftigen Schluck und spürte, wie der Alkohol in seinem Magen brannte und seine Lebensgeister wieder weckte. »Sylvia, was ist in Iserlohn passiert, wie bist du nach Gelsenkirchen gekommen?«

»Keine Ahnung, Robert, ein Mann hat mich vor meiner Haustür überfallen und mir einen übel riechenden Lappen aufs Gesicht gedrückt, danach kann ich mich an nichts erinnern. Und ich habe den Kerl auch nicht gesehen.«

Dann erzählte Robert, wie es zu der Begegnung mit dem Killer gekommen war.

»Bist du bescheuert?«, fragte Manni aufgebracht. »Wenn ihr Glück habt, sitzt das Schwein noch in seinem dunklen Loch. Aber auch nur, wenn die Stange in der Tür gehalten hat. Wenn nicht, ist der Mann, der euch umbringen wollte, schon wieder frei. Sag mal, hast du sie noch alle? Wir müssen die Bullen rufen, und zwar sofort!«

Robert nickte. Er wusste, dass Manni recht hatte, konnte sich aber kaum noch aufraffen, die Polizei anzurufen.

»Na los, verdammt, hau rein!«

Robert nahm das Telefon und rief im Präsidium am Wildenbruchplatz ein. Eine halbe Stunde später stand Kommissar Hollunder in seiner Tür.

»Sind Sie eigentlich bescheuert? Warum haben Sie uns nicht schon viel früher angerufen? Wir hätten den Mann festnehmen können, ohne dass Sie in Gefahr geraten wären.«

»Ich hatte Angst«, gab Robert zu und sog an seiner Zigarette. Er rauchte nicht in seiner Wohnung, aber jetzt tat er es, und es fiel ihm überhaupt nicht auf.

»Dass Sie kein Held sind, weiß ich, muss auch nicht sein. Trotzdem, es war dumm.«

Dass er Angst um Sylvia gehabt hatte, sagte er nicht. Ein Blick zu ihr sagte ihm, dass sie verstanden hatte.

»Sie haben ihn doch, das muss reichen. Und jetzt ist es ihr Job, ihn zum Reden zu bringen.«

»Wir sprechen uns morgen.« Hollunder knallte die Tür.

»Trockene Luft hier.« Manni holte zwei weitere Bier,

auch wenn er sah, dass Sylvia und Robert völlig erschöpft waren.

»Ich gehe ins Bett«, sagte Sylvia, nahm einen letzten Schluck Wein und schlurfte ins Bad.

»Scheiße, was heute passiert ist, das hätte schiefgehen können. Meinst du, den hat der Schmidt geschickt?«

Robert zuckte müde mit den Schultern. Ihm war es egal, wer ihn heute hat umbringen wollen.

»Wer sonst? Mir fällt kein anderer ein, Manni.« Sie prosteten sich zu. »Übrigens, ich werde gehen. Ich ziehe zu Sylvia, nach Iserlohn.«

Manni schwieg. Nachdenklich legte er die Hände über seinen Bauch und starrte die Wand an. »Glaubst du, du überrascht mich damit? Das war doch schon lange klar, dass du gehst. Nur der Tag war unbestimmt. Würde ich auch, bei einer Frau wie Sylvia.«

Robert sagte nichts. Er wollte nur noch allein sein, allein sein und schlafen.

»Gute Nacht, Manni.«

42

»Ihre mangelnde Kooperationsbereitschaft wird bei der Staatsanwaltschaft nicht gut ankommen. Und bei mir auch nicht.« Genervt setzte sich Kommissar Hollunder an den Tisch im Vernehmungszimmer des Präsidiums. Er legte die ausgedruckte Akte vor sich, blätterte ein wenig darin und blickte sein Gegenüber eindringlich an. Blonde Stoppelhaare, ein scharf konturiertes Gesicht, das auf viel Sport schließen ließ, hohe

Wangenknochen und ausdruckslose blaue Augen über einer Nase, die schon einmal gebrochen gewesen war, und schmalen Lippen.

»Glauben Sie ernsthaft, Ihre Weigerung, Ihre Personalien zu nennen, würde unsere Ermittlungen behindern, Herr Müller? Das ist lächerlich und wirft kein gutes Licht auf Sie.«

Sein Gegenüber blieb stumm. Hollunder nahm die erste Seite der Akte in die Hände und begann vorzulesen. »Christian Müller, geboren am 18. September 1981 in Kiel, ledig, keine Kinder. Sie leben seit zwei Jahren in Gelsenkirchen, Beruf: Privatdetektiv.« Hollunder blickte den Mann über den Rand seiner Lesebrille an. »Scheint aber nicht so gut zu laufen, wenn Sie durch Hartz IV aufstocken müssen.« Dann las er weiter. »Bis zu Ihrem Umzug waren Sie Berufssoldat, stationiert in Calw beim Kommando Spezialkräfte. Warum sind Sie dort weg? Rausgeschmissen?«

»Darüber werden Sie weder von mir noch von meiner ehemaligen Brigade etwas erfahren, Herr Hauptkommissar.«

»Immerhin, sprechen können Sie. Und es stimmt, ich habe es schon in Calw versucht, leider ohne Erfolg. Waren Sie auch bei Kampfeinsätzen dabei?«

»Ich war in Afghanistan, ja, zwei Mal. Mehr werde ich dazu nicht sagen.«

»Aber über den Vorfall vor einem Jahr dürfen Sie sprechen, und das sollten Sie auch. Sie sind bei einem Fall gefährlicher Körperverletzung erkennungsdienstlich behandelt worden.«

»Ich sollte reingelegt werden, das wollte mir ein

ehemaliger Mandant in die Schuhe schieben. Angeblich hatte ich einen Mann schwer misshandelt, aber das stimmte nicht, und das müsste auch in Ihren Unterlagen dokumentiert sein. Ich wurde vom Beschuldigten ...«

»... zum Zeugen, ich weiß. Überraschend hat das Opfer, ein Herr Wiedemann, seine Aussage zu Ihren Gunsten geändert. Haben Sie ihm gedroht?«

»Was für eine Antwort erwarten Sie jetzt von mir?«

Das süffisante Lächeln des Mannes war die erste Gefühlsregung, die Hollunder an dem kantigen Typen wahrnahm. Und sehr vielsagend.

»Herr Müller, die Vorwürfe, die der Staatsanwalt jetzt gegen Sie erhebt, sind schwerwiegend. Sie werden der Entführung und des zweifachen versuchten Mordes beschuldigt, um bei den wesentlichen Vorwürfen zu bleiben.«

»Dazu äußere ich mich nicht, ich möchte einen Anwalt.«

»Den werden Sie brauchen, die Beweislage ist massiv. Sie haben das Recht auf einen Pflichtverteidiger, die Untersuchungshaft bleibt bestehen, wie Ihnen der Haftrichter bereits erklärt hat. Herr Müller, ich kann Ihnen nur noch einmal raten, mit uns zusammenzuarbeiten, es wird zu Ihren Gunsten sein.«

Sein Gegenüber nickte. »Ich werde das mit meinem Anwalt, Herrn Schütte, besprechen. Wann kann ich ihn sehen?«

»Ich rufe ihn sofort an.« Damit verließ Hollunder den Verhörraum. Nachdem er den Juristen verständigt hatte, wählte er Roberts Nummer.

»Herr Werner, ich möchte Sie und Frau Behnke sprechen, haben Sie heute noch Zeit? ... Prima, dann in einer Stunde. ... Ja, ich kann zu Ihnen kommen, kein Problem, bis gleich.«

Erstaunt legte Robert auf. Hollunder kam zu ihm? Was war denn mit dem los? Er schaute vorsichtig ins Schlafzimmer. Sylvia hatte sich nach dem Arztbesuch noch einmal hinge- legt, er hörte ihre gleichmäßigen Atemzüge. Sie war erschöpft, aber nicht verletzt. Zumindest körperlich. Was dieses Schwein mit ihrer Seele angerichtet hatte, würde sich erst in der Zukunft herausstellen. In einer halben Stunde würde er sie wecken, dann hatte sie noch genug Zeit, sich frischzumachen. Sollte er noch Manni anrufen und ihn zu dem Gespräch bitten? Nein, Hollunder wollte ausdrücklich ihn und Sylvia sprechen, er würde Manni später verständigen.

Er machte sich noch einen Kaffee und setzte sich an den Tisch. Zum Lesen hatte er keine Lust, der gestrige Abend ging ihm immer wieder durch den Kopf. Seine Wunde war versorgt, gegen die Schmerzen hatte er eine Tablette genommen, die aber nicht so wirkte, wie er sich das erhofft hatte. Aber er hatte gewonnen, den Mann besiegt, ihn gefangen. Nie hätte er es für möglich gehalten, dass ihr Leben in Gefahr sein könnte, nie war er in einer solchen Situation gewesen. Er war Schuld, dass Sylvia betäubt und entführt worden war. Das durfte nie wieder passieren! Er durfte sie nicht mehr alleine lassen, musste sie beschützen, so gut er es konnte. Konnte er einen Waffenschein bekommen? Nach dem gestrigen Abend? Immerhin war sein Leben in Gefahr gewesen. Er nahm sich vor, Hollunder zu fragen, wenn er gleich bei ihnen sitzen würde.

Er sah sich in seiner Küche um, die kleine Kochnische, über die er sich so oft geärgert hatte, die undichte Holztür, die die Küche vom Hausflur trennte, die alte weiß gestrichene kleine Holztür, die in die Wand eingelassen war und hinter der sich seine kleine Hausbar verbarg, der runde Holztisch mit den vier Stühlen, das kleine Regal an der Wand, die beiden Lampen daneben, die große Lampe, die von der Decke hing, direkt über dem Tisch, der braune Nadelfilz auf dem Boden, der die Tritte dämpfte, aber Sylvias High Heels nicht vertrug – vieles davon hatte er noch zu seiner Studentenzeit bei Ikea gekauft. Einen Umzug würden die Möbel kaum überleben, und wo sollte er auch mit ihnen hin? Ihm war jetzt schon klar, dass er seine Wohnung, seine Freunde, sein Ückendorf vermissen würde. Sein Leben. Es würde anders werden. Ob er damit zurechtkam? Ob er wirklich woanders leben konnte, nicht nur körperlich? Er hatte die Entscheidung gefällt, Manni kannte sie jetzt, Sylvia noch nicht. Sie tatsächlich umzusetzen, aus dem Entschluss Wirklichkeit, Leben werden zu lassen, war etwas, auf das er sich freute und das ihm Angst machte.

Er drehte sich eine Zigarette und genoss diesen Moment, dieses Bei-sich-sein, allein in seiner Wohnung. Die wenigen Male, die er so noch haben durfte, würde er genießen. Wann musste er seine Wohnung kündigen? Bei dem Gedanken an das Datum blickte er auf seine Uhr. Zeit, Sylvia zu wecken. Er ging hinüber ins Schlafzimmer, beugte sich über sie und küsste sanft ihre Stirn.

»Wir bekommen noch Besuch, mein Schatz.«

Ihr genuscheltes »Hmmm« sagte ihm, dass sie gleich aufstehen würde.

»Wer ist es denn?«, fragte sie verschlafen. »Manni oder Jan?«

»Kommissar Hollunder, mein Hase.«

»Hollunder?« Sie drehte sich um und machte die Augen auf. Robert liebte es, ihr Gesicht nach dem Wachwerden zu sehen. »Was will der denn hier?«

»Weiß ich nicht, aber ich mache jetzt eine Kanne frischen Kaffee, während du im Bad bist.«

Hollunder war pünktlich, Robert hatte es nicht anders erwartet. Er nahm dessen Mantel und brachte ihn zu seiner Garderobe, die neben seinem Kleiderschrank in dem kleinen Raum zwischen Küche und Bad hing, während der Kommissar Sylvia begrüßte.

»Ich hoffe, Sie haben sich von den Ereignissen heute Nacht einigermaßen erholt, Frau Behnke.«

Sie reichte ihm die Hand und nickte. »Ich bin noch etwas erschöpft, aber das liegt wohl an dem Chloroform, das der Mann mir verabreicht hat. Die Ärztin meinte, dass die Dosierung sehr hoch war.«

Robert kam wieder dazu und bat den Beamten, Platz zu nehmen. Dabei fiel ihm auf, dass der untersetzte Mann sich an die Hüfte fasste, als er sich setzte. Er wirkte müde, während er sich durch die Haare strich und in dem unbequemen Stuhl zurücklehnte. Man sah ihm die kurze Nacht an.

»Möchten Sie einen Kaffee?«

»Gerne, schwarz, bitte, und wenn Sie haben, in einem Becher.«

Robert grinste, als er sich umdrehte und aus seiner

Vitrine drei blaue Porzellanbecher nahm, auch sie schwedischen Ursprungs. Er konnte ebenfalls keine kleinen Tassen leiden, von denen man beim Trinken noch den kleinen Finger abspreizte.

Robert ließ den Kommissar erst einen Schluck trinken, bevor er das Gespräch begann.

»Nett von Ihnen, dass Sie uns besuchen. Aber ich nehme an, Sie sind nicht nur hier, um sich nach unserem Wohlergehen zu erkundigen.«

»Ich möchte Sie warnen«, sprach der Kriminalist leise und stellte den Becher wieder ab. »Inoffiziell. Was ich Ihnen jetzt sage, dürften Sie gar nicht wissen. Oder nur zum Teil. Ich bin also gar nicht hier. Der Mann, der Sie überfallen hat, ist ein ehemaliger Elite-Soldat. Bislang zeigt er sich wenig gesprächsbereit. Aber es ist sehr wahrscheinlich, dass er nicht aus eigenem Antrieb gehandelt hat.«

»Was er mir gestern Nacht in dieser Ruine selbst gesagt hat.« Robert schauderte, als er sich daran erinnerte. »Leider hat er mir nicht verraten, wer dahintersteckt.«

»Da er seinen Auftrag nicht ausgeführt hat, ist es da nicht wahrscheinlich, dass das der Hintermann schnell herausfindet? Und vielleicht einen weiteren Killer engagiert?«

Robert und der Kommissar sahen Sylvia schweigend an. Sie hatte kühl das gesagt, was sie auch befürchteten.

»Das ist möglich, und deshalb bitte ich Sie, sich in der nächsten Zeit am besten nicht in der Öffentlichkeit zu zeigen. Oder, falls Sie Zeit haben, Sie fahren in Urlaub, das wäre mir am liebsten.«

Robert schüttelte den Kopf. »Warum wir? Und warum jetzt? Das ist es, was uns seit gestern beschäftigt, was wir uns fragen. Wir haben bislang keinen wirklichen Ermittlungserfolg, keine heiße Spur, wie man landläufig sagen würde.«

»Wie ist der Stand Ihrer Recherchen?« Hollunder vermied es, von Ermittlungen zu sprechen. »An welchem Punkt sind Sie?«

»Wir nehmen uns gerade diese Agentur vor, River Invest. Diesen Knebel-Vertrag haben Sie selbst gesehen, und wir recherchieren die Querverbindungen. Da ist zum Beispiel eine Anwaltskanzlei, Ruede & Partner, haben ihre Büros im gleichen Gebäude. Die übernehmen scheinbar die Beratung bei River Invest. Zumindest gehen deren Mitarbeiter bei denen ein und aus. Ich habe mich gestern fast den ganzen Tag dort aufgehalten«, kommentierte Robert Hollunders fragenden Blick. »Das gilt auch für einige Vertreter von Ruhr Kristall.«

»Offiziell sind die alle unabhängig, es gibt keine direkten Beteiligungen«, fasste Sylvia ihre Recherchen zusammen. »Auch nicht mit Teslen.«

»Aber gerade der PR-Chef dieses Ladens, dieser Florian Hock, war gestern mehrere Stunden bei River Invest, der hat dort sogar ein eigenes Büro. Und unser Freund Jan, also Herr Schmelter, hat ihn kennengelernt und erzählt, dass er eine Kampagne betreibt, offen und verdeckt, mit allen erlaubten und verbotenen Mitteln. Ziel dieser Aktion ist es, das Wasser der Ruhr und damit das Trinkwasser daraus in ein sehr übles Licht zu stellen, damit deren eigenes Wasser sich gut verkauft. Quasi das ursprüngliche Ruhr-Wasser.«

Hollunder lehnte sich zurück und trank noch einen Schluck Kaffee.

»Und dessen Chef ist Thorsten Schmidt, der mit der größten Motivation: Beförderung, Geld und Macht. Der sitzt jetzt übrigens im Flieger nach Kalifornien, macht erst noch etwas Urlaub und fängt dann seinen neuen Job an.«

»Und lacht sich eins«, fügte Robert bitter an.

»Noch. Ada, Livia und Leonara, so heißen die Mädchen, die die Kollegen in Hannover aufgegriffen haben. Die betreuende Psychologin meint, dass sie in Kürze auch über die Täter mit ihnen sprechen könne, sie klang sehr zuversichtlich. Das Mädchen, das er an der Raststätte ausgesetzt hat, hat ebenfalls ausgesagt. Und wenn wir in der Wohnung von Fred Brüning DNA-Spuren dieses Müllers finden, sprechen eine Menge Indizien gegen ihn. Der Abgleich läuft, spätestens morgen habe ich die Ergebnisse. Und wenn die stimmen, holen wir ihn uns, ich bin da wesentlich optimistischer als noch vor ein paar Tagen.«

»*Die* Ergebnisse?«, wiederholte Robert.

Hollunder nickte.»Wir haben an den Fundorten der beiden toten Landwirte mehrere DNA-Spuren gesichert, die wir noch nicht zuordnen konnten. Sowohl am Gülle-Silo als auch an dem Trecker.«

»Das hört sich vielversprechend an«, war Sylvia zuversichtlich. »Scheint so, als könnten wir den Schmidt doch noch zur Verantwortung ziehen.«

»Sachte, Frau Behnke, nicht so voreilig. Und *wir* schon mal gar nicht. Wie gesagt, ich möchte, dass Sie sich zurückhalten, verreisen.«

»Verreisen ist nicht«, stellte Robert klar. »Und wenn der Schmidt Manni, also Herrn Kobalewski, bei unserer Observation erkannt hat, ist der auch in Gefahr. Falls denn noch ein anderer den Auftrag bekommt, uns um die Ecke zu bringen.«

»Ich werde auch Ihren Freund, Manni Kobalewski, warnen, das versteht sich von selbst. Aber ich sehe ihn nicht als Ziel, der Verdacht ist zu vage.« Müde beugte sich der Kommissar nach vorn und stützte sich auf seine Unterarme. »Herr Werner, wenn Sie schon nicht verreisen wollen, dann halten Sie sich wenigstens in den nächsten Tagen in Iserlohn auf.«

»In der Stadt, aus der der Killer Sylvia entführt hat«, lächelte Robert sarkastisch. »Die wissen doch, wo wir wohnen.«

»Dann ziehen Sie gefälligst für ein paar Tage um, verdammt noch mal«, ärgerte sich Hollunder und schlug mit der flachen Hand auf den Tisch. »Wie kann man nur so begriffsstutzig sein?«

»Ich kenne da ein nettes Hotel«, schaltete Sylvia sich ein, um die Wogen zu glätten, »sehr schön und abgelegen, da fällt jeder sofort auf, der uns beschatten will. Der hätte gar keine Chance, sich zu verstecken, es sei denn, er würde uns aus einer Baumkrone beobachten. Wir holen noch einige Sachen aus meinem Haus, dann checken wir dort ein, noch heute.«

Robert, der irgendwie das Gefühl hatte, bei der Entscheidung übergangen worden zu sein, schüttelte dem Kommissar die Hand, als der sich verabschiedete. Der Abschied aus Ückendorf kam schneller, als ihm lieb war.

43

»Mein Mandant ist selbstverständlich bereit, jederzeit mit der Staatsanwaltschaft zu kooperieren, Herr Hauptkommissar.«

Hollunder musterte den Pflichtverteidiger mit einer Mischung aus Neugier und Verachtung. Lange konnte der die Universität noch nicht hinter sich haben, in seinem dunkelblauen Anzug wirkte er wie ein zu groß geratener Konfirmand. Christian Müller, der neben seinem Verteidiger saß, überragte ihn um einen Kopf, die schmächtige Figur des Juristen wirkte neben dem kräftigen Kampfsportler noch schmaler.

»Sie finden auf seinem Computer die Daten sämtlicher Personen, um die er sich kümmern sollte.«

»Den haben wir längst hier«, stellte Hollunder klar, »und auch die Daten. Wenn die Zusammenarbeit so aussieht, dass Sie uns Sachen sagen, die wir ohnehin schon wissen, vergessen Sie es. Wir haben sämtliche Namen, Anschriften und Fotos gefunden. Allerdings keine Anweisungen, was mit den Leuten geschehen sollte. Und ›kümmern‹ kann ich wohl mit ›töten‹ gleichsetzen.«

»Das waren Unfälle«, entschied Christian Müller und unterband mit einer herrischen Geste den Versuch seines Anwaltes, die Sache zu erklären. »Ich sollte den Leuten lediglich etwas Angst machen. Die waren selbst schuld. Dieser Thomzyk war so fett, der ist von selbst in das Silo gefallen, den habe ich am Kragen gepackt und da hochgeschleift, mehr nicht. Der sollte nur ordentlich Fracksausen kriegen. Und dann ist der einfach abgeschmiert.«

Hollunder wartete. Dem Kerl das Gegenteil zu

beweisen, würde nicht leicht sein. »Wer war der zweite Mann? Wir wissen, dass Sie dabei Hilfe hatten.«

»Paul, ein Bekannter. Habe ich in einer Kneipe kennengelernt.«

»Nachname?«

»Kenne ich nicht, wollte sich etwas dazuverdienen. Und dieser Meier ist auch selbst schuld, die Bremsen an seinem Traktor waren total hinüber. Ich hatte die nur ein bisschen gelockert, konnte ich doch nicht ahnen, dass der gleich ganz abgehen würde.«

»Bei Hubertus Wildenhagen war es auch nur ein Versehen, richtig?«, ätzte Kommissar Hollunder und erntete ein breites Grinsen des Mannes.

»Neee, bei dem brauchte ich gar nichts tun, der hat sich einfach totgefahren, war doch betrunken, der Kerl.«

Hollunder hakte nicht nach, im und am Auto von Wildeshagen hatten sie tatsächlich keine DNA von Christian Müller gefunden.

»Selbst wenn wir Ihnen nicht beweisen können, dass es Mord war, es kommt genug zusammen, dass Sie für lange Zeit von der Bildfläche verschwinden. Denn bei Fred Brüning war es vorsätzlicher Mord. Erzählen Sie mir nicht, der Schuss hätte sich aus Versehen gelöst.«

Christian Müller zuckte nur mit den Schultern und grinste. »Kann passieren.«

»Woher hatten Sie die Waffe und wo ist sie jetzt?«

»In der Ruhr, bei Hattingen. Die hatte ich noch aus meiner Zeit in Afghanistan. Sie glauben gar nicht, wie einfach man dort an jede Art von Waffe kommt.«

»Den Namen. Wenn Sie tatsächlich noch Pluspunkte sammeln wollen, nennen Sie Ihren Auftraggeber.«

»Wirklich, das würde ich gern, Herr Kommissar, aber ich kenne ihn nicht. Die Daten kamen per Mail, mit einem fiktiven Absender. Und die Anweisung, ihnen Angst zu machen, per Brief, den habe ich natürlich verbrannt.«

»Das Geld für die Aufträge: Wie sind Sie daran gekommen?«, hakte Hollunder ungeduldig nach.

»Das war im Briefkasten, ganz einfache Umschläge.«

»Wie viel?«

»5.000 pro Auftrag.«

»5.000 Euro, um Angst zu machen? Das glauben Sie doch selber nicht! Ich lasse mich von Ihnen doch nicht verarschen! Wenn Sie glauben, das waren bedeutsame Informationen, haben Sie sich geschnitten«, beendete er das Gespräch wütend. Mit einem Kopfnicken wies er den uniformierten Beamten an, Christian Müller wieder in seine Zelle zu bringen. Mit einem knappen »Wiedersehen« verabschiedete er sich von dem Pflichtverteidiger und ging zurück in sein Büro. Er schnappte sich sein Telefon. Die Spezialisten der IT-Abteilung würden den Absender der Mails an Müller schon ermitteln.

44

»Prost, Kollegen, so jung kommen wir nicht mehr zusammen!«

»So kommen wir überhaupt nicht mehr zusammen,

Manni.«

»Na na, nicht so pessimistisch, Jan, ich ziehe nach Iserlohn, nicht nach Timbuktu. Wir können uns jederzeit wieder treffen, ich brauche dann nur einen Platz zum Pennen.« Jetzt hob auch Robert seine Flasche und stieß mit seinen Freunden an.

»War nur so ein Gefühl, Robert, ich dachte, wir sehen uns heute zum letzten Mal in dieser Runde.«

»Jan, zwei Sachen sind heute anders an dir«, lächelte Robert und lehnte sich zurück, die Bierflasche in der Hand. »Du bist pessimistisch und trinkst Bier.«

»Bier trinken ist schon mal ein Fortschritt«, bekräftigte Manni. »Los, Robert, lass uns eine rauchen gehen.«

Robert folgte seinem Kumpel auf den Balkon, lehnte sich draußen an die Wand und blickte auf den Schulte-im-Hofe- Platz.

»Netter Ausblick hier. Erinnert mich an früher, als ich im Haidekamp zur Schule gegangen bin. Wird mir fehlen, mein Ückendorf, das Leben, die Typen.«

»Das Gewohnte wird dir fehlen, Kollege. Dafür kommt in Iserlohn viel Neues, Interessantes. Ist bestimmt 'ne tolle Sache, so eine Stadt neu zu entdecken. Und mit Sylvia, Robert, was Besseres konnte dir doch gar nicht passieren. Attraktiv, intelligent, ein lieber Mensch und Kohle hat sie auch noch an den Füßen. Keine Ahnung, was die an dir findet.«

»Frag ich mich auch immer wieder. Prost Manni.«

Sie stießen an und Robert wurde bewusst, dass ihm diese Vertrautheit am meisten fehlen würde, dieses für immer unausgesprochene »Ich-mag-dich«.

»Schön, dass sie dir heute Abend noch freigegeben hat.«

»Sie hat mir nicht freigegeben, du Idiot. Du weißt doch, dass wir in Iserlohn eine andere Bleibe nehmen werden, aus Sicherheitsgründen. Ich musste ihr nur versprechen, nicht in meiner Bude zu schlafen. Danke übrigens für deine Einladung.«

»Keine Ursache, das Sofa ist ganz bequem. Aber natürlich nichts gegen das noble Hotel, in das ihr zieht. Vier Sterne, darunter tut's der Herr wohl nicht.«

»Keinen Sarkasmus, Manni. Und das mit dem Hotel hat sich erledigt. Sylvia hat vorhin angerufen, sie hat eine Wohnung gefunden, von einem Bekannten, der vermietet die und sie steht zur Zeit leer. Soll am Stadtrand von Iserlohn sein, ruhig gelegen, da bleiben wir die nächste Zeit.«

»Schön für euch, komme ich mal vorbei. Und jetzt lass uns reingehen. Jan gefällt mir heute gar nicht.« Manni drückte seine Zigarette aus und nahm noch drei Bier aus dem Kasten.

»Fleißig Bier trinken beschleunigt das Wachstum der Haare und ich will sie wieder lang haben. Unterstütz mich, Kollege.« Er reichte Jan eine Flasche, der sie zögerlich nahm.

»Bin ich nicht gewohnt, so viel Bier zu trinken. Ich glaube, ich habe schon einen sitzen.«

»Nach der nächsten Flasche haste auch noch einen stehen, prost!«

Robert setzte sich auch wieder an den dunkel gebeizten Fünfziger-Jahre-Tisch in Mannis Wohnzimmer und sah

Jan von der Seite an.

»Florian?«, fragte er nach einigen Sekunden, leise und behutsam.

Jan nickte nur stumm.

»Es war richtig, was du getan hast, für dich. Das ging gar nicht anders, du hattest keine Wahl.«

»Weiß ich auch, Robert, weh tut es trotzdem.« Jan drehte die Flasche zwischen seinen Händen hin und her.

»Sieh es mal so, Kollege, der macht dir keinen Ärger mehr.«

»Wäre schön, wenn du recht hast, Manni, aber so sicher bin ich mir da noch nicht.«

»Unsinn, das ist vorbei. Und jetzt lasst uns unsere Detektei beerdigen. Aber fangt bloß nicht an, sentimental zu werden. Übrigens, ich ziehe auch um, falls das jemand interessiert.«

»Du ziehst um? Wieso, verdammt noch mal? Du wohnst doch schon ewig hier, seit ... ja, seit ...«

»... ich Taxi fahre, also seit unserem Studium, Robert. Aber diese scheiß Wohnungsgesellschaft hat schon wieder die Miete erhöht. Außerdem wollen sie alle Häuser ›energetisch aufwerten‹, wie sie schrieben, damit wird die ganze Kacke noch mal zwanzig Prozent teurer. Kannste vergessen, also weg hier. Gekündigt habe ich schon.«

Robert war sprachlos. Manni wollte umziehen, weg vom Holtkamp.

»Hast du denn schon was anderes gefunden? Ich meine, bleibst du wenigstens in Ückendorf?«

Grinsend hob Manni seine Flasche, forderte seine Freunde mit einer Geste erneut zum Anstoßen auf. »Ich habe gehört, im Flöz Sonnenschein wird demnächst eine Wohnung frei, kann das sein? Ich räume dir auch Besuchsrecht ein. Nur von deinen schrottigen Ikea-Möbeln musste dich verabschieden.«

»Mein schwarzes Ledersofa schenke ich dir, mein Freund.« Robert lächelte glücklich, es war eine perfekte Lösung. »Und es ist eine brillante Idee, dort einzuziehen. Es ist eine wunderbare Wohnung, Manni. Schräge Nachbarn, eine blöde Vermieterin, okay, aber da passt du hin.«

»Dachte ich mir auch, dann werde ich die olle Schnalle mal kontaktieren. Und du kündigst. Sieh zu, dass ich Nachmieter werde und nicht drei Monate warten muss. Für meine Bleibe habe ich auch schon jemanden gefunden, also zack, zack!«

»Nehmt es mir nicht übel, meine Freunde, aber ich gehe, mir ist nicht so gut.«

Überrascht sahen Manni und Robert Jan an.

»Ich dachte, wir trinken noch einen, bevor du gehst. Alles in Ordnung?«

Bedächtig nickte Jan. »Alles in Ordnung, Robert, ich bin nur müde, ich muss ins Bett. Manni, bist du so nett und rufst mir ein Taxi?«

»Halb besoffen ist rausgeschmissenes Geld«, murmelte der, als er sich Richtung Telefon in Gang setzte, das auf der Kommode im Flur stand.

»Hast du eine Chance, diesen Schmidt festzunageln, oder recherchierst du noch in andere Richtungen?«

Die Frage erstaunte Robert. Jan hatte sich schon weit von ihnen entfernt, wusste nicht, was sie wussten. »Den kriegen wir«, gab er trotzig zurück. »Die Zusammenarbeit mit dem Hollunder klappt mittlerweile super, den Schmidt haben wir bald am Haken, verlass dich drauf.«

»Der war ja schräg drauf heute«, nuschelte Manni, nachdem er die Wohnungstür hinter Jan geschlossen hatte. »Die Sache mit Florian scheint ihm näher zu gehen, als wir dachten.«

»Sieht so aus, Manni, hätte ich auch nicht gedacht, dass es ihm so weh tut. Schließlich haben sich die beiden nur kurz gekannt. Es wird sich einiges ändern in den nächsten Wochen, nicht nur bei Jan. So, und jetzt genug Trübsal geblasen, hol die Karten raus!«

45

»Kriminalhauptkommissar Hollunder, das ist Staatsanwalt Wandler. Und meine Mitarbeiter«, deutete der Beamte auf die Männer und Frauen hinter ihm. »Wir haben einen Durchsuchungsbeschluss für alle Räume von Teslen und bitten Sie darum, uns zu unterstützen.«

»Dr. Peter Lindner, ich bin der kommissarische Geschäftsführer.«

Hollunder sah dem schlanken Mann mit der Hornbrille seine Überraschung an. Er konnte mit der Situation nichts anfangen.

»Darf ich fragen, worum es geht? Ich meine, plötzlich steht die Polizei vor der Tür ...«

»Uns interessieren insbesondere die Büros Ihres Vorgängers, Thorsten Schmidt, sowie das von Herrn Florian Hock und der Serverraum. Auch werden wir einige Akten und Computer mitnehmen. Sie bekommen natürlich Quittungen dafür. An die Arbeit!«

Hollunder ging an dem kommissarischen Geschäftsführer vorbei in das Büro von Thorsten Schmidt. »Ich brauche eine Liste mit allen Passwörtern für die Rechner«, rief er noch über die Schulter, bevor er den Raum betrat.

»Aber Sie können doch nicht einfach ... Das ist jetzt mein Büro!«, wandte der Stellvertreter ein.

»Herr Dr. Lindner, ich leite eine Mordermittlung, den Beschluss habe ich Ihnen vor wenigen Sekunden gezeigt. Doch, ich kann und ich werde. Bitte, melden Sie sich an Ihrem Rechner ab und starten Sie das Profil von Herrn Schmidt.«

Immer noch verdutzt nahm der schlanke Mann in seinem grauen Anzug vor dem Computer Platz und tat, was Hollunder befohlen hatte. Dann räumte er seinen Stuhl für den Kriminalisten.

Hollunder setzte sich in den bequemen und sicher nicht billigen Stuhl. *So einen hätte ich gerne auch in meinem Büro*, dachte er, während er ein wenig mit dem Sitz wippte. Dann widmete er seine Aufmerksamkeit dem Mail-Postfach von Thorsten Schmidt. Die letzte Nachricht hatte er vor drei Tagen versendet, eine Rundmail an alle Mitarbeiter, in der er sich für die gute Zusammenarbeit bedankte. Da nur etwa die Hälfte der Mitarbeiter zurückgeschrieben hatte, schloss Hollunder, dass nicht alle die gemeinsame Arbeit so eingeschätzt hatten. Was ihn bei einem flüchtigen Blick auf die Mails wunderte, war das Fehlen jeglicher privater Korrespondenz. Sehr ungewöhnlich. Bei den vielen Bürocomputern, die Hollunder sich während seiner langen Dienstjahre angesehen hatte, fand sich eigentlich immer private Post. Oder hatte der Systemadministrator entsprechende Filter eingesetzt? Egal, er würde es anhand der anderen Teslen- Rechner herausfinden. Dann fuhr er den Computer herunter.

»Mitnehmen«, gab er einem jungen uniformierten Kollegen eine knappe Anweisung. »Und wenn Sie hier noch einen Laptop finden, ebenfalls.«

Dann ging er an Dr. Lindner, der mit offenem Mund und großen Augen mitten in seinem Büro stand, vorbei. »Sie müssen sich eben Ersatz besorgen. Wo ist das Büro von Herrn Hock?«

Dr. Lindner setzte sich in Bewegung, Hollunder hinterher.

»Hat er heute frei?«, wollte er wissen, als er den Raum betrat. Er war nur etwa halb so groß wie der des Stellvertreters, der Schreibtisch entsprechend kleiner. Auch fand sich kein eingebauter Wandschrank, lediglich Regale und kleinere Schränke, alle in einem dunklen Holzton, die Lamellen vor den Fenstern ließen kaum Licht herein.

Hier bekommt man ja Depressionen, dachte Hollunder, als er den Computer startete.

»Nein, er ist bei einem Außentermin, ich rechne aber jede Minute mit seiner Rückkehr vom Ruhr Verein. Und das Passwort finden Sie unter der Tastatur«, beantwortete er Hollunders Frage, bevor der sie stellen konnte.

Wieso treibt der sich denn dort rum?, dachte der Beamte, als er das Postfach öffnete. *Ist das nicht Sache des Geschäftsführers?*

Bei Hocks Computer sah die Sache schon anders aus, auf Anhieb fand Hollunder private Mails. Unter anderem an einen Jan Schmelter. Interessant. Dass die beiden sich kannten, wusste er ja, aber dass sie auch ein Paar waren, war ihm neu. *Hat der Werner gar nichts von erzählt*, knurrte er in sich hinein. Einige Mails, die er bei seiner Stichprobe anklickte, konnte er nicht öffnen, sie waren verschlüsselt Ein Fall für die Experten. Nachdem er den Rechner heruntergefahren und zum Abtransport freigegeben hatte, verließ er den Raum und sah, wie seine Mitarbeiter fleißig einen Wäschekorb nach dem anderen aus den Büros schleppten. Die Auswertung würde einige Zeit dauern, sehr zum Verdruss des kommissarischen Geschäftsführers. Dem drückte Hollunder noch eine Quittung in die Hand, bevor er den Raum und das Gebäude verließ. Zeit, sich den Computern von Schmidt und Hock zu widmen.

46

Er sah die Männer mit den Kisten und Computern gerade noch rechtzeitig, als er auf den Parkplatz einbog. »Scheiße, verdammte«, fluchte er und setzte den Wagen zurück, mit dem Heck zu der Glasfront des Gebäudes. Er rutschte in seinem Sitz nach unten, verdeckte die Hälfte seines Gesichtes mit der aufgestützten Hand und schaute in den Rückspiegel. Das sah aus wie im Fernsehen, was da passierte. Und hier, in diesem Auto, dem Dienstwagen von Teslen, wurde ihm schlagartig klar: Sein bisheriges Leben war vorbei. Aus, Schluss, Feierabend. Wenn sie seinen Computer knackten, würden sie seine Mails lesen, alle. Er musste sich beeilen, viel Zeit würde ihm nicht bleiben. Er richtete sich wieder auf, startete den Motor und fuhr vom Parkplatz, möglichst schnell Richtung Gelsenkirchen. Diesen Moment hatte er verdrängt, ihn nicht wahrhaben wollen, obwohl er gewusst, gespürt hatte, dass er kommen würde. Jetzt war es so weit, er musste fliehen. So weit es ging, hatte er seine Flucht vorbereitet.

In Gelsenkirchen fuhr er über die Landstraße nach Rotthausen. Vor seinem Haus an der Steeler Straße parkte er den Dienstwagen und ging hinein. In seinem Schlafzimmer, im Wandschrank, stand die Reisetasche, die er für diesen Zweck vorbereitet hatte. Er schnappte sie sich, nahm das Bargeld aus der Zuckerdose in der Küche und stopfte noch die zwei Flaschen Talisker aus seiner Bar in die Reisetasche. Mit einem Blick zurück und einem geflüsterten »Tschüss« sah er sich noch einmal um, bevor er die Haustür zuzog. Zeit, zu gehen.

Den Dienstwagen ließ er stehen. Er holte die Schlüssel für seinen Passat Kombi aus der Tasche. Auch den musste er bald loswerden, wenn erst die Fahndung lief. Er nahm Kurs über den Junkerweg Richtung Ückendorf, zu dem kleinen Büro mit Garage, das er dort unter einem anderen Namen gemietet hatte, um einen Oldtimer zu renovieren. Nichtmals einen Ausweis hatte er vorzeigen müssen, als er den Mietvertrag unterschrieben hatte. Den Vermieter interessierte nur die Kohle, die er jeden Monat bar bekam. Er fuhr in die Einfahrt und wich den gröbsten Schlaglöchern aus. Die alten Gebäude, die früher zu einer Zeche gehört hatten, strahlten noch den Charme des alten Ruhrgebietes aus, das er aus seinen Kindertagen kannte. Aber für solche romantischen Erinnerungen hatte er jetzt keine Zeit. Es ging um seine Freiheit, um sein Leben.

Er schloss die alte Metalltür auf und öffnete die weiß gestrichenen Holzfenster. Es roch muffig, er war längere Zeit nicht hier gewesen. Der Raum war nicht größer als vier mal vier Meter, Platz genug für seinen alten Schreibtisch, einen Stuhl, einen kleinen quadratischen Tisch, das Feldbett, einen Fernseher und einen Campingkocher. Er holte seinen Laptop aus dem Auto und dann seine Tasche. Anschließend fuhr er seinen Wagen in die geräumige Wellblechgarage und verschloss die beiden Türflügel von innen. An seinem Schreibtisch genehmigte er sich erst mal einen ordentlichen Schluck Whisky.

Der alte Schotte von der Isle of Skye brannte in seinem Magen, entspannte ihn. Er lehnte sich zurück und schloss die Augen. Flucht. Jetzt war es so weit. Wie oft hatte er diesen Gedanken durchgespielt, wie oft versucht, alle möglichen Hindernisse ins Kalkül zu ziehen. Wohl wissend, dass es ihm nicht möglich sein würde. Die Schuld, seine Schuld, musste hierbleiben, sie durfte ihm nicht folgen in sein neues Leben. Es würde ihn nach Mittelamerika bringen, Belize, mit Startpunkt Schiphol, Amsterdam. Er hatte alles längst vorbereitet, jede Situation, jede Möglichkeit.

Aber nicht Jan. Er schloss die Augen, eine Träne rann ihm an der Wange hinunter. Er nahm einen weiteren Schluck Talisker. Warum machte er es ihm so schwer? Was sollte das? Er liebte ihn und er spürte, nein, wusste, dass er ihn auch liebte. Zuerst Thomas, dann Jan. Thomas ... Er hätte alles für ihn getan. Nein, er hatte alles für ihn getan, hatte so gehofft, mit nach Kalifornien gehen zu können. Aber er hatte ihn im Stich gelassen. Und jetzt Jan. Warum war es so schwer? Sollte er ihn besuchen? Ihn überreden, mitzukommen in sein neues Leben? Es würde ein Leichtes sein, ein neues Leben anzufangen. Nachdenklich stellte er die Flasche auf den Schreibtisch. Jan hatte »Nein« gesagt, aber würde das auch so bleiben? Jetzt, unter ganz anderen Umständen? Er wusste, dass er ihn liebte, dass Jan ihn liebte.

Entschlossen knallte er die Whisky-Flasche auf den Tisch und schaute auf die Uhr. Das »Achter Deck« hatte noch geöffnet, genug Zeit, um mit Jan zu sprechen.

47

Das erste, was er spürte, war der raue Boden an seiner Wange. Er bewegte sie langsam auf und ab, so, wie es der Schmerz zuließ. Steinchen rieben an seiner Haut. Ohne seine Augen zu öffnen, wusste er, dass es dunkel war, dunkel und feucht. Und es roch sonderbar. Er schloss seinen Mund, er hatte Durst, unbändigen Durst, seine Zunge suchte vergeblich nach Spuren von Feuchtigkeit. Wer hatte ihm das angetan, warum waren seine Hände vor seinem Bauch gefesselt? Wo war er? Er zog seine Beine an, der Schmerz schoss durch seinen Rücken, von den Beinen bis hinauf in seine Schultern. Er stöhnte, versuchte, sich auf den Rücken zu legen, aber das machte die Schmerzen nur noch schlimmer.

Jan rollte zurück, das Gesicht verzerrt, legte seine gefesselten Hände über seine Blase. Er musste pinkeln, dringend, auch das bereitete ihm Schmerzen. Langsam öffnete er die Augen, schwerfällig, hatte Angst zu sehen. Dunkelheit.

Du musst vernünftig bleiben, versuchte Jan seine Panik zu unterdrücken, *deine Augen brauchen etwas Zeit, um sich an die Dunkelheit zu gewöhnen.* Er riss die Augen auf, versuchte zu sehen. Nichts, er sah nichts, nicht einmal Konturen, von was auch immer. Er war blind, gefesselt und hilflos. Jan schrie. Ein gellender, hilfloser Schrei, von dem er wusste, dass ihn niemand hören würde.

Mühsam richtete er sich auf, schaffte es bis auf die Knie. Schnaufend blickte er in die Dunkelheit. Kein Geräusch, keine Stimme, nur ein Geruch, der ihm bekannt war, den er aber nicht benennen konnte. Was war es? Und, verdammte Scheiße, wo war er? Er richtete sich auf, langsam, zögerlich, tastete sich an der Wand vor ihm entlang Sie fühlte sich frisch an. Seine Finger zerrieben zwischen ihren Spitzen den Mörtel, der aus den Fugen hervorquoll. Das letzte, an das er sich erinnern konnte, war, dass er mit Florian in sein Haus gefahren war – er wollte noch einmal mit ihm reden.

Was bedeutete diese Wand? Was bedeutete diese Dunkelheit? Jan strich mit seinen Fingern über die Mauer, tastete sie ab. Er fühlte, dass sie ein Oval war, neu errichtet. Wenn er sich von links nach rechts bewegte, tastend, zögerlich, waren es maximal vier Meter und von der breitesten Wölbung bis zu seinem Rücken waren es nicht mehr als zwei Meter. Er hatte kein Fenster, nicht das kleinste Loch nach draußen. Sein Herz fing an zu rasen, seine Atmung beschleunigte sich, bis er hechelte, seine Fäuste schlugen an die Wand vor ihm, immer und immer wieder. Warum, verdammt noch mal, warum? Welches gottverdammte Schwein hatte ihn ohne Wasser in die Dunkelheit gesperrt? Er schrie, so laut wie er nur »Aaaaaahh« schreien konnte, wieder und wieder, verzweifelt, mit den Fäusten an die frische Wand schlagend, betete, dass sie nachgab, schreiend und trommelnd, bis er erschöpft auf die Knie sank. Jemand musste ihn gehört haben, verdammt noch mal, das war anders völlig unmöglich, jemand musste ihn hier herausholen, aus diesem Albtraum. Aus diesem Grab. Robert.

48

»Dieser Hock hat eine Forderung gestellt.« Hollunders Worte kamen wie ein scharfes Messer durchs Telefon.

Robert rieb sich die Augen, es war sieben Uhr morgens. Er erinnerte sich, mit Sylvias Freunden gestern die Übergabe des Geschäftes ausgiebig gefeiert zu haben, kratzte sich durch die Unterhose und brummte »Hmmm«.

»Freut mich, Ihre Aufmerksamkeit geweckt zu haben, aber es geht um Ihren Freund.«

»Welchen von den beiden?«, knurrte er.

»Um Jan Schmelter, ihren Ex-Lover, Sie Idiot. Rufen Sie mich in zwei Minuten zurück, wenn Sie sich den Suff aus dem Gesicht gewischt haben.«

Verdutzt schaute Robert den Hörer an. Was war denn mit dem Hollunder los? Und was meinte er mit Jan? Er legte das Telefon zur Seite, blickte auf Sylvia, die neben ihm schlief, und machte sich auf den Weg Richtung Küche. Der Sekt, den einer ihrer

Geschäftspartner gestern ausgegeben hatte, war verdammt lecker gewesen und garantiert nicht billig. Die Gelegenheit hatte er sich nicht entgehen lassen. Aber wie immer war das Schönste am Sekt das Bier danach.

Er griff sich die Mineralwasserflasche und nahm einen großen Schluck. Der Sprudel befriedigte seinen Nachdurst, kündigte aber einen gewaltigen Rülpser an. Also wartete er noch den befreienden Moment ab, als sich die Kohlensäure in Lautstärke verwandelte, und rief Hollunder zurück.

»Was meinen Sie mit Forderung und Jan? Was ist passiert?«

»Mein Gott, sind Sie noch besoffen? Also, ich sage es nur einmal: Florian Hock ist geflohen, auf dem Weg nach Südamerika. Und damit wir ihn nicht festnehmen, hat er eine Geisel genommen, Ihren Freund Jan Schmelter. Rappelt es?«

»Wie, damit Sie ihn nicht festnehmen? Sie können doch beides, Jan befreien und diesen Hock verhaften, oder?«

»Werner, Sie sind noch beschränkter, als ich dachte. Der hat Ihren Kumpel als Geisel genommen, damit der Haftbefehl außer Vollzug gesetzt wird. Der will uns den Aufenthaltsort von Jan Schmelter erst verraten, wenn er in Sicherheit ist. Ist das angekommen in Ihrem Schädel?«

»Ach du Scheiße«, brummelte Robert in den Hörer. »Wieso denn der Hock und nicht der Schmidt? Ich meine, der hatte doch ...«

»Jede Menge Gründe, ist klar, aber die Aufträge zum

Einschüchtern oder Töten hat eindeutig der Hock in Auftrag gegeben. Wir haben sein Mail-Konto geknackt, daran gibt es keinen Zweifel. Und seine Flucht spricht für sich. Also, fällt Ihnen ein Ort ein, wo der sich verkriechen könnte? Der Schmelter ist doch Ihr Freund, oder? Was hat der Ihnen über den Hock erzählt?«

Robert nervte die ungeduldige Stimme von Hollunder. »Verdammt, ich weiß doch noch nicht mal, wo der wohnt! Wie soll ich denn dann wissen, wo der sich verkriecht? Viel- leicht bei Jan, aber der würde ihn wahrscheinlich rausschmeißen. Oder im ›Achter Deck‹, Sie Super-Bulle.«

»Vorsichtig, Freundchen, gaaanz vorsichtig! Und Ihren Freund Jan können wir nicht erreichen, weder zuhause, in seiner Bar oder übers Handy. Es könnte also durchaus sein, dass er in der Gewalt von Hock ist.«

»Merkwürdig«, wunderte sich Robert. »Sein Handy hat er immer bei sich, ich kenne ihn nicht ohne. Ich fahre gleich zurück nach Gelsenkirchen, dann suche ich ihn. Sollten Sie ihn erreichen, wäre es nett, wenn Sie mich benachrichtigen. ... Ja, selbstverständlich melde ich mich auch bei Ihnen, bis später.« Nachdenklich legte Robert auf.

Dass Jan nicht zu erreichen war, machte ihm Angst. Er versuchte es selbst, erreichte aber nur die Mailbox. Er ging rasch ins Bad, die Dusche tat ihm gut und sorgte für einen klaren Kopf. Dann zog er sich an, die Sachen von gestern mussten auch heute reichen, blickte noch einmal ins Schlafzimmer und entschied sich, Sylvia einen Zettel auf den Tisch zu legen. Eilig schnappte er sich seine Tasche und seinen Autoschlüssel, verließ das Haus und zog die Tür leise zu. Er startete seinen Golf, fuhr hinunter zum See und von dort auf die Autobahn.

In Letmathe entschied er sich, die schöne Strecke über die Landstraße zu nehmen. Gefühlt dauerte es länger, aber es war kürzer. Er schaute auf die Uhr, halb acht. Noch waren die Straßen frei, aber spätestens im Ruhrgebiet würde er im Berufsverkehr stecken bleiben. Scheiße, verdammte. Es würde dauern, bis er bei Jan in Rotthausen ankam. Er versuchte noch einmal, ihn zu erreichen, vergeblich. In Schwerte fuhr er auf die A45 auf und reihte sich in den Stau am Westhofener Kreuz ein. So ein verdammter Dreck, er kroch über diese Autobahn, während Jan vermisst wurde. Ungeduldig trommelte er mit den Fingern auf dem Lenkrad. Jan hätte sich längst gemeldet, schließlich hatte ihm der Kommissar gestern noch eine Nachricht auf seiner Mailbox gesprochen. Auf Jan konnte man sich verlassen, irgendetwas stimmte da nicht. Oder war er einfach in den Urlaub gefahren, spontan, hatte die Schnauze voll, wollte keinen mehr sehen und hören? Ab ans Meer? Quatsch, das tat er nicht, dafür machte er sich zu viel Gedanken um die Menschen, die ihn mochten. Oder hatte er sich noch einmal mit Florian Hock getroffen und war noch bei ihm? Aber warum, er hatte sich doch klar entschieden! Andrerseits konnte es durchaus sein, dass ihn Hock spontan in seine Gewalt gebracht hatte, ihn jetzt als Druckmittel für seine Flucht benutzte. Schlagartig wurde Robert blass. Mein Gott, Jan wusste doch nicht, was er wusste, dass Hock die Aufträge zum Töten gegeben hatte. Und wenn Jan auch auf der Liste stand? Er wählte Hollunders Nummer aus der Liste und rief ihn an.

»Quatsch, wir waren doch schon bei Florian Hock, das Haus ist leer. Nichts deutete darauf hin, dass er Besuch gehabt haben könnte. Und das Auto von Herrn Schmelter steht noch vor dessen Haus in Rotthausen.«

Grußlos beendete Robert das Gespräch. Verdammt, wo konnte Jan sein, wo konnte Hock ihn erwischt haben? Er kannte keine weiteren Freunde von ihm, Verwandte hatte er nicht. Zumindest keine, von denen Robert wusste. Von Hock wusste er noch viel weniger.

Er legte den ersten Gang ein, endlich ging es weiter. Er machte das Radio an, WDR 5. Es brachte nichts zu grübeln, Hock war auf der Flucht und Jan vermutlich seine Geisel. Er konnte nur warten.

49

Der Kanister reichte für Büro und Garage. Hier würde niemand mehr Spuren finden, die auf ihn hinwiesen. Und wenn, war es auch egal, er wäre längst weit weg. Das Benzin verteilte er gleichmäßig, dann warf er den leeren Kanister in die Garage. Er schloss die Türen, nahm das Zippo aus der Tasche, ratschte es an und warf es durch das offene Bürofenster. Sofort schlugen die Flammen hoch, griffen nach der spärlichen Einrichtung, den Möbeln, rasten hinüber in die Garage und fraßen die wenigen Kartons, die dort lagerten.

Florian Hock setzte sich in sein Auto und beobachtete das Feuer. Es faszinierte ihn, die zuckenden und tanzenden Flammen, diese rasende Vernichtung, aber er musste sich beeilen. Er setzte den Wagen zurück, fuhr auf die Straße und steuerte den nur wenige hundert Meter entfernten Supermarkt an. Dort kaufte er sich in der angeschlossenen Bäckerei einen Kaffee und ein mit Schinken belegtes Brötchen. Mit seiner Beute setzte er sich auf einen der wenigen Stühle, die vor der Bäckerei um ein paar Bistro-Tische standen, und beobachtete die Dächer des alten Zechengeländes. Etwas Rauch stieg auf, nur leicht, ließ erahnen, wie die Flammen ihre Arbeit machten. Er biss in das Brötchen, trank von dem Kaffee, der überraschend gut schmeckte, und nickte zufrieden, als er die Flammen sah, die jetzt nach dem Himmel griffen. Kurz darauf hörte er die Sirenen der Feuerwehrwagen.

Sollte er jetzt schon nach Amsterdam fahren? Sich den ganzen Tag auf dem Flughafen rumtreiben? Ziemlich langweilig und vielleicht auch gefährlich. Plötzlich kam ihm die Idee: seine Schwester! Er würde seine jüngere Schwester besuchen. Sie lebte auf dem kleinen Bauernhof in Wattenscheid, gar nicht weit von hier. Nach ihrem Streit vor zwei Jahren hatte er sie nicht mehr gesehen und es würde die letzte Gelegenheit sein, bevor er nach Belize flog. Vielleicht sogar die letzte Gelegenheit in seinem Leben. Schlafen konnte er dort auch, sie hatte genug Platz, das war ideal! War sie noch mit ihrem Freund zusammen?

Das angebissene Brötchen ließ er auf dem Teller liegen, trank den restlichen Kaffee und ging zu seinem Auto. Aus der Tasche nahm er seinen Laptop, er brauchte ihn nicht mehr. Über die Schultern sah er sich um, niemand beobachtete ihn, es war noch nicht viel los auf dem Parkplatz. Er ging hinüber zu dem großen Müllcontainer, hob den Deckel und warf den Laptop hinein. So, wie er Jan entsorgt hatte. Aber der würde für seine Sicherheit sorgen, auf seinem Weg in sein neues Leben. Wütend schlug er mit der flachen Hand auf den Deckel des Containers, noch mal und noch mal, bis seine Handfläche brannte und er verzweifelt die Augen schloss. Warum hatte er Nein gesagt, warum hatte er sich gewehrt, warum ihn abgelehnt, ihm gedroht? Es hätte so schön werden können mit ihm an seiner Seite. Was war ihm denn anderes übrig geblieben, als ihn zu überwältigen? Er hatte gehen wollen, ihm gesagt, dass er die Polizei informieren müsste, auch wenn es ihm leid täte. Er musste, hah! Was für ein Quatsch! Er hätte es auch sein lassen können, einfach gehen und still sein, oder bleiben. Warum musste er sein Leben, seine Freiheit in Gefahr bringen? Wie hätte er ihn sonst stoppen, sich selbst retten können? Als er die K. O.-Tropfen in seinen Cocktail gemischt hatte, den letzten, zu dem er ihn überreden konnte, war ihm klar gewesen, dass es kein Zurück gab, nicht für ihn und nicht für Jan. Der hatte entschieden, gegen sie beide. Es war seine Schuld. Er hatte keine Wahl, so einfach war das! Fast die halbe Nacht hatte er gebraucht, bis er die Steine und den Zement von der benachbarten Baustelle hinübergeschafft hatte. Und eine bessere Lösung fiel ihm nicht ein, niemand würde Jan dort finden. Es war ideal, sie würden das Haus durchsuchen, aber niemanden finden. Wenn sie von der obersten Treppe in den Heizungskeller schauten, wussten sie, dass dort niemand war, und Jan konnte nicht ständig schreien. Diese wenigen Sekunden, dieser Blick von der Treppe in den Keller, die waren die Schwachstelle in seinem improvisierten Plan. Schrie Jan in diesem Moment nicht, war alles in Ordnung. Schrie er, hatte er ein Problem. Aber warum sollte Jan ausgerechnet in diesem Moment schreien? Schließlich konnte er die Leute auf der Treppe nicht sehen.

Wenn er in Sicherheit war, würde er sofort Kommissar Hollunder anrufen und ihm sagen, wo Jan war. Sie mussten ihn nur gehen lassen. Fünf Liter Mineralwasser hatte er ihm hingestellt, bevor er die ersten Steine setzte. Das reichte locker, er hatte im Internet nachgeschaut. Ein Mensch konnte mit dieser Menge Wasser und ohne Nahrung drei Tage überleben, das war kein Problem.

Er schaute auf seine Finger, sie waren rissig und spröde, der Zement hatte sich in sie hineingefressen. Das waren nicht die Hände eines Menschen, der Pläne schmiedete, sich Risiken bewusst machte, Alternativen suchte, Lösungen fand. Und bei Jan war die Lösung, dass er ihn nur noch begrenzte Zeit brauchte, drei Tage, vielleicht nur zwei, in denen der sich nicht wohlfühlen würde, das war ihm klar, schmerzhaft klar. Er würde allein sein, auf sich gestellt, Angst haben, große Angst. Aber es würde ihm auch nichts passieren. Jan war in Sicherheit. Es sollte ihm gut gehen. Und nach drei Tagen würde er ihm dankbar sein, da war sich Florian sicher. Vielleicht würde er es nicht sofort verstehen. Andererseits hatte er ihm genug Zeit gegeben, darüber nachzudenken, ihm den Weg gezeigt. Jan würde verstehen.

50

»Sach ma, Kollege, wie gut ist dein Englisch? Kriegst du noch 'ne fehlerfreie E-Mail hin?«

»Öh, ich glaube doch.« Robert war über Mannis Frage etwas verwirrt, was wollte er von ihm? »Worum geht es denn?«

»Mir geht es einfach unglaublich auf die Nerven, dass sich dieser Kinderschänder in Kalifornien ungestraft die Sonne auf die Rübe brennen lässt, während die rumänischen Mädchen behandelt und betreut werden müssen.«

»Aha, und du hast einen Plan, wie du das ändern kannst? Die Sache läuft doch, hat der Hollunder gesagt.«

»Trotzdem, ich finde, auch sein Arbeitgeber sollte von der Sache wissen. Ich glaube, das würde den interessieren.«

Robert hörte eine gewisse Befriedigung und Schadenfreude aus Mannis Stimme.

»Schick mal rüber, deinen Entwurf, ich schau ihn mir mal an. Bis später, Manni.«

Sollte er das jetzt gut finden, was Manni vorhatte? Oder war es fragwürdig, nicht nur rechtlich? Er würde es sich noch mal überlegen. Jetzt musste er den Kommissar anrufen, der versucht hatte, ihn zu erreichen.

»Ja, ich kenne Jans Wohnung, ich war bereits mehrmals dort, warum fragen Sie?«

»Weil ich möchte, dass Sie sie sich ansehen, ob etwas anders ist als sonst. Wir suchen jeden kleinen Hinweis, der uns zum Aufenthaltsort von Herrn Schmelter führen kann.«

»Ich bin gleich da.«Auf der Fahrt nach Rotthausen rief er Sylvia an.»Guten Morgen, mein Schatz. Ich bin auf dem Weg zu Jan, die Polizei sucht ihn. Wie es aussieht, hat ihn Hock als Geisel genommen und hält ihn irgendwo gefangen. Laut Hollunder will er erst verraten, wo Jan ist, wenn er im Ausland in Sicherheit ist. Er steckt hinter den Mordaufträgen, das steht fest, sagt Hollunder.«

»Oh mein Gott, wie schrecklich, der arme Jan. Ausgerechnet er, das ist ja fürchterlich. Ich komme sofort zu dir.«

»Bleib lieber in Iserlohn, mein Schatz, das ist sicherer.«

»Aber wenn der Hock auf der Flucht ist, wird wohl kein Killer mehr unterwegs sein und uns suchen, oder?«

Sylvia hatte recht, das war sehr unwahrscheinlich, daran hatte er noch gar nicht gedacht.

»Stimmt, mein Hase, bis gleich.«

Wenige Minuten später parkte er vor Jans Haus, Hollunder wartete bereits auf ihn. Die Haustür stand offen, Robert schaute sich im Flur um. An der Garderobe hingen einige Jacken, nichts Besonderes, nichts Fremdes. Er ging weiter ins Wohnzimmer, auch hier fiel ihm nichts auf.

»Achten Sie bitte auf jede Kleinigkeit, alles, was Ihnen ungewöhnlich vorkommt. Es kann wichtig sein.«

Robert nickte wortlos, aber es fiel ihm nichts auf. Es war sehr aufgeräumt und sauber, wie immer. Alles stand so, wie er es in Erinnerung hatte. Er ging weiter in die Küche, auch hier sah es so aus wie bei seinem letzten Besuch. Robert drehte sich um und wollte gehen, da fiel ihm etwas auf. Eine Kleinigkeit nur, aber etwas war anders. Er ging zurück, betrachtete noch einmal die Hängeschränke, die Arbeitsfläche, den Boden. Nein, hier war es nicht. Dort, der Stehtisch, an dem Jan frühstückte. Das war es. Ein Glas, ein benutztes Cocktailglas. Niemals hätte es Jan einfach stehen lassen, selbst in der größten Hektik stellte er benutztes Besteck und Geschirr auf die Spüle, wenn er es nicht sofort in die Spülmaschine räumte.

»Da, das Glas. Jan hätte nicht ...«

Kommissar Hollunder war schon mit einem kleinen durchsichtigen Beutel am Tisch, nahm das Glas mit seiner rechten Hand, die durch einen Latexhandschuh geschützt war, und tütete es ein. »Weiter.«

Robert ging ins Schlafzimmer, alles wie er es kannte. Auf Jans Nachttisch lag ein Buch, ein Krimi, mehr nicht. Der Nachttisch auf der anderen Seite war leer, nichts deutete auf einen Gast, was Robert freute. Er schüttelte nur den Kopf.

»Und jetzt noch das Bad und den Keller.«

Er folgte Hollunder, der ließ ihm an der Tür zum Badezimmer den Vortritt. Der gefliese Raum hätte auch ein Operationssaal sein können, so sauber blitzte er. Robert schaute auf Waschbecken und Dusche. Weder eine zweite Zahnbürste noch ein anderes Shampoo und Duschgel zeugten von einem anderen Mann. Wieder schüttelte Robert den Kopf.

»Dann noch der Keller.«

»Den kenne ich nicht, dort war ich noch nie.« Was sollte er auch dort, Jan hatte aus ihm gelegentlich Wein geholt, Bier hatte er nie im Haus.

»Trotzdem, lassen Sie uns hinuntergehen.«

Hollunder öffnete im Flur die Holztür, die hinunterführte. Er knipste das Licht an, zwei Leuchtstoffröhren erhellten einen großen Raum. Robert schaute sich um: nackte kahle Wände, eine Waschmaschine, ein Trockner, die Heizungsanlage, ein Holzregal mit Wein und anderen Getränken, ein alter Holzschrank, dem eine Tür fehlte und so den Blick auf die Wintersachen freigab, die dort lagerten, einige wenige Kartons mit dem üblichen Krempel, den man in den Keller packte. Etwas fiel Robert auf, aber er wusste nicht, was es war, konnte es nicht benennen. Unzufrieden schüttelte er den Kopf, drehte sich um und ging wieder nach oben.

»Was ist mit Ihnen? War doch noch etwas, das Ihnen aufgefallen ist?«

»Ja, aber ich weiß nicht, was. Es ist ... Ich kann es Ihnen nicht sagen, ich komme nicht darauf.«

»Wenn es Ihnen einfällt, rufen Sie mich an, es kann wichtig sein. Warten Sie, ich gebe Ihnen meine private Handynummer.« Hollunder zog eine Visitenkarte und einen Stift aus seiner Jackentasche, kritzelte auf die Rückseite eine Nummer und gab die Karte Robert. »Rufen Sie mich an, wenn Ihnen einfällt, was Sie bemerkt haben, egal wann. Es kann lebenswichtig sein. Ich bringe das Glas ins Labor, die sollen Dampf machen, Herrn Schmelters Leben könnte davon abhängen.«

Robert nickte dem Kommissar zu und ging zu seinem Auto. Jans Leben. Er durfte gar nicht daran denken, dass er jetzt irgendwo eingesperrt war, Angst hatte, nicht wusste, ob er weiterleben durfte.

51

Langsam tastete er sich an der Wand nach rechts, bis er die alte Mauer erreicht hatte. Er drehte sich um, zog seine Hose auf und pinkelte auf den Boden. Es war widerlich, aber er musste einen Ort auswählen, an dem er seine Notdurft verrichtete, es ging nicht anders. Die wenige Atemluft, die ihm blieb, musste er mit dem Gestank von Urin und Fäkalien vergiften. Er hatte die äußere rechte Ecke ausgewählt. Dann tastete er sich wieder zurück nach links, langsam an der Wand entlang. Er zählte die Schritte, berührte mit der Nasenspitze fast die Mauer. Er hatte gehofft, dass sich seine Augen an die Dunkelheit gewöhnten, er wenigstens Schemen erkennen konnte. Aber es blieb schwarz. Er musste sich auf seine Finger, sein Gefühl und seinen Verstand verlassen. Luft. Er brauchte Luft. War der Irre, der ihn eingemauert hatte, tatsächlich Florian? Brachte er das fertig, ihn qualvoll sterben zu lassen? Wenn er seinen Tod wollte, warum machte er es nicht schnell, schnell und schmerzlos, warum ließ er ihn leiden? Das Schlimmste war die Angst, die Angst vor dem, was kommen würde. Die Angst vor der Verzweiflung, die Angst, verrückt zu werden. *Ruhig, Junge, ruhig. Denk nicht daran, konzentriere dich auf deine Arbeit.* In der linken Ecke angekommen, nahm er seinen Gürtel aus der Jeans. Die metallene Schnalle war das einzige Werkzeug, das er hatte. Er musste sie vorsichtig behandeln. Der Mörtel unter seinen Fingerkuppen war noch feucht. Er nahm die Gürtelschnalle in seine rechte Hand und begann zu kratzen, vorsichtig, damit sie nicht kaputtging. Er spürte, wie der feuchte Mörtel durch seine Finger rann, langsam, aber er würde vorwärtskommen.

Und wenn das Schwein zwei Schichten Steine vermauert hatte, wenn er gar nicht so weit kam? *Ganz ruhig, Jan, achte auf die Schnalle.* Er dachte nicht daran, die Mauer zum Einsturz bringen zu können. Aber vielleicht schaffte er es, ein kleines Loch zu schaffen, ein Loch, durch das Luft herein- kam, Luft und Licht. Würde er etwas sehen können? Würde man *ihn* sehen können? Jan erschrak heftig bei dem Gedanken. Natürlich würde der Täter das Loch entdecken, den Mörtel, der auf den Boden im Keller fallen würde. Und wer war der Täter? Florian selbst oder ein anderer, den er angeheuert hatte, ihn zu töten? Würde er im Keller sitzen und warten? Ihn hören können?

Jan fing an zu lachen, leise zuerst, unterdrückt, dann lauter, immer lauter, sein Körper bebte, die Schultern zuckten. Er lachte, bis ihm die Tränen an den Wangen hinunterliefen, er lachte voller Angst und Verzweiflung. *Mein Gott, wovor hast du noch Angst, das ist so absurd lächerlich, das darf doch gar nicht wahr sein. Der Eingemauerte hat Angst vor dem, was ihm noch passieren könnte! Mehr kann man dir nicht antun, mehr Grausamkeit gibt es nicht.* Er stützte sich mit den Handflächen an die Wand, legte seine Wange darauf, schmiegte sich an die Mauer, als würde sie ihn beschützen, nicht gefangen halten. Sein Lachen wurde leiser, aus dem Lachen wurde ein Schluchzen, er weinte, leise, voller Angst. Er wollte nicht sterben, nicht alleine, er flehte Robert und Manni an, dass sie zu ihm kamen, ihm halfen, ihn befreiten. Bitte, sie mussten doch spüren, wie es ihm ging, wie verzweifelt er war, dass er nicht mehr lange durchhalten würde. Langsam sank er auf die Knie, rutschte mit den Händen an der Mauer nach unten, schluchzte, obwohl er wusste, dass er kämpfen musste, ging auf die Knie und stützte seinen Kopf in seine Hände. Er weinte, bebte, heulte in die Finsternis. In sein Grab.

52

»Während wir hier vögeln, wird Jan verrückt vor Angst.« Robert drehte sich auf den Rücken und schloss die Augen. Er hatte sich nicht konzentrieren, nicht fallenlassen können. Selbst als er mit Sylvia schlief, dachte er an seinen Freund, der irgendwo gefangen war.

»Ändert das irgendetwas?« Sylvia stütze die Ellenbogen auf und beugte sich über ihn. »Ich mache mir auch große Sorgen, Robert, ich habe große Angst. Jan ist so ein feiner Kerl. Ich wünschte, es ginge ihm gut und er würde bei uns sitzen und lachen. Aber er ist nicht hier. Und es hilft ihm auch nichts, wenn wir uns nicht lieben.« Sie streichelte ihm mit ihren schlanken, eleganten Fingern über sein unrasiertes Gesicht. »Ich bleibe liegen, will versuchen zu schlafen. Du findest ohnehin keine Ruhe, mein Schatz.« Sie küsste ihn zärtlich auf den Mund und drehte sich dann auf die Seite.

Robert zog ihr die Decke über die Schulter, bevor er sich aus dem Bett schwang. Sie hatte recht, er würde keine Ruhe finden, also konnte er auch aufstehen. Er schlüpfte in seine dunkelblaue Sporthose, zog sich sein T-Shirt über und schlich in die Küche. Dort machte er die kleine Wandlampe an und verzog das Gesicht, als das Licht seine Augen traf. Er nahm seinen Tabak, der auf dem Tisch lag, drehte sich eine Zigarette und ging mit der Taschenlampe auf den Hof. Draußen zündete er sich die Zigarette an und sog den Rauch tief ein. Er schloss die Augen, hielt die Luft an, bevor er den todbringenden Qualm wieder aus seinen Lungen stieß. Er schaute hinauf zum Sternenhimmel und freute sich, dass niemand in der Nachbarschaft Lärm machte. Ungestört, allein.

Es war still auf dem kleinen dunklen Hinterhof, der noch ihm gehörte. Er legte die Zigarettenkippe auf die Fensterbank, ging zurück in die Küche und holte sich ein Glas Wein. Dieser Moment hatte einen guten trockenen Roten verdient. Auf dem Weg zurück in den

Garten rutschte er auf einer der drei Treppenstufen aus. Er schaffte es gerade noch, nicht zu stürzen, balancierte aus und griff mit der linken Hand instinktiv nach dem kurzen Treppengeländer. Die rechte Hand hielt das Rotweinglas in die Höhe, der leckere Bordeaux schwappte bedenklich, aber Robert schaffte es, nicht einen Tropfen zu verschütten. Mit einem Blick zurück verfluchte er diese scheiß Treppe, auf der er sich gerade fast den Hals gebrochen hatte, nahm seine Zigarette und trank einen Schluck von dem guten Wein, den Sylvia mitgebracht hatte.

Langsam verrauchte seine Wut, aber wie oft hatte er seiner Vermieterin schon gesagt, dass die Treppenstufen repariert werden mussten. Die Fliesen waren kaputt und ein Teil dieser Fliesen war gerade eben unter seinem Fuß weggebrochen. Scheiß drauf, er hatte andere Sorgen. Bevor er sich mit dieser dusseligen Kuh herumärgerte, machte er die Reparatur selbst. Morgen würde er in den Baumarkt fahren und Fliesen sowie etwas Mörtel ... Robert stutzte. Das war es! Verdammt noch mal, Mörtel. Es hatte in dem Keller nach frischem Mörtel gerochen! Das war der Geruch, der ihm bekannt vorgekommen war, den er nicht einordnen konnte! Aber wieso hatte es in dem Keller so gerochen? Was war daran besonderes? Machte nichts, Hollunder hatte gesagt, er sollte ihn anrufen, egal, wann.

Robert blickte auf die Uhr, bevor er seine Zigarettenkippe in die Dunkelheit schnippte. Halb zwei. Hollunder hatte gesagt, er solle auf jeden Fall anrufen, Jans Leben könne davon abhängen. Also scheiß auf die Nachtruhe von dem Beamten! Mit einem Schritt war er auf der obersten Stufe, schwang sich durch die Haustür und gelangte in seine Küche. Sein

Handy lag auf dem Tisch. Er wählte die Nummer Hollunders, nachdem er dessen Visitenkarte aus seiner Jacke gefischt hatte, die über dem Stuhl hing. Vier Mal, fünf Mal, sechs Mal schellte es am anderen Ende der Leitung, bis sich eine mehr als verschlafene Stimme meldete: »Hmmmm?«

»Robert Werner hier, Kommissar Hollunder. Mörtel. Frischer Mörtel, das war der Geruch, der mir im Keller aufgefallen ist. Ich weiß nicht, wo ich ihn ...«

»Sie bleiben zuhause.« Wie es sich anhörte, schien der Mann aufzustehen. »Ich will sie erst wieder sehen, nachdem ich sie angerufen habe, ist das klar?«

»Logisch, aber was ist mit dem ...«

»Seien Sie still, es ist noch keine zwei Uhr, da bin ich unausstehlich. Ich melde mich, wenn ich etwas weiß. Legen Sie sich wieder hin.«

Verdammter Mist! Robert wollte zu Jans Haus fahren, wissen, was seine Beobachtung bedeuten könnte. Aber es wäre falsch gewesen, Hollunder jetzt auf den Nerven rumzutrampeln. Er hatte das Sagen, klar, auch wenn Robert mehr an Jan gelegen war, wissen wollte, was der Mörtelgeruch mit ihm zu tun haben könnte. Geduld.

Er nahm einen kräftigen Schluck Wein aus der Flasche. Zwei Stunden, länger nicht. Dann würde er Hollunder anrufen. Er nahm noch einen tiefen Schluck, dachte dabei: *Perlen vor die Säue*, stieß den Korken wieder in den Flaschenhals und stellte sie wieder auf seinen Kühlschrank. Er kroch zurück ins Bett, zu Sylvia. Es war noch warm und er roch ihren wunderschönen Körper, ihre vergangene Lust.

Robert drehte sich auf den Rücken, zog die Bettdecke

bis unters Kinn und schloss die Augen. Sollte der Mörtelgeruch sie weiterbringen auf der Suche nach Jan? Er spürte, wie die Müdigkeit in Begleitung des Weines Hand in Hand durch sein Hirn schlich, seine Augen lähmte. Zwei Stunden, länger nicht.

»Wir haben ihn.«Es war fünf Uhr morgens, als Robert schlaftrunken nach

seinem Handy griff und Hollunders Stimme hörte.»Sie haben ihn? Super, fantastisch, wie geht es ihm, alles in Ordnung?«

»Kann ich gleich bei Ihnen vorbeikommen?«Die müde Stimme des Kommissars machte Robert stutzig. Was war mit Jan, warum sagte er nicht, wie es ihm ging?

»Ein Kaffee wäre nett.« Dann legte Hollunder auf. Verwirrt holte Robert seine Sachen aus dem Schlafzimmer, duschte und weckte Sylvia. Dann machte er eine große Kanne Kaffee. Kurz danach schellte es: Hollunder. Er öffnete dem Kommissar, mit tausend ungestellten Fragen. Er sah, wie sich der Beamte setzte, ohne seine Jacke auszuziehen. Er wirkte müde, unendlich müde.

Sylvia kam aus dem Bad, zog ihren Frotteemantel enger zusammen. Sie sah die beiden Männer und wusste sofort, dass etwas nicht stimmte.

Hollunder seufzte, als traute er sich nicht zu sagen, was er sagen musste. Er schaute auf den Tisch, wartete noch einen kurzen Moment, bevor er sprach.

»Es tut mir sehr leid, Ihnen sagen zu müssen, dass Herr Schmelter tot ist. Mein aufrichtiges Beileid, Frau Behnke, Herr Werner.«

Sylvia schrie kurz auf, spitz, und hielt sich die Hand vor den Mund, Robert ließ sich langsam auf den Stuhl sinken.

»Wie, aber warum ... Das kann doch nicht ...«

»Wir ... wir haben ihn hinter einer frisch gemauerten Wand gefunden. Woran er gestorben ist, wissen wir noch nicht. Vermutlich ist er erstickt.« Wie von einer zentnerschweren Last befreit, blickte Hollunder auf. »Kann ich bitte einen Kaffee haben?«

Robert hörte Sylvias leises »Oh mein Gott« in seinem Rücken. Er verstand nicht, was Hollunder gesagt hatte. »Hinter einer frisch gemauerten Wand gefunden? Was soll das bedeuten, was heißt das?«

»Es war der Geruch, den Sie wahrgenommen haben, es war der Geruch von Mörtel. Ich habe so etwas noch nie erlebt, in meiner ganzen Laufbahn nicht. Der Täter, mutmaßlich Florian Hock, hat Herrn Schmelter eingemauert. In dem Glas, das wir sichergestellt haben, fanden sich Reste von K. O.-Tropfen, außerdem die Fingerabdrücke von Florian Hock und Herrn Schmelter. Es tut mir entsetzlich leid, bitte glauben Sie mir.«

Robert konnte es nicht verstehen, nicht begreifen. Jan konnte doch nicht tot sein, eingemauert, allein, hilflos. »Mein Gott, was muss er durchgemacht haben«, flüsterte er.

Sylvia ließ sich neben ihn auf einem Stuhl nieder, fasste seine Hand und legte ihren Kopf an seine Schulter. Robert spürte ihre Tränen an seinen Fingern. Sie weinte leise, er fühlte, wie ihr Körper bebte. *Jan ist tot.* Er stand auf und brachte dem Kommissar einen Becher Kaffee, dann setzte er sich wieder und nahm

Sylvia in den Arm, streichelte über ihren Kopf.

»Finden Sie das Schwein«, sagte er tonlos. »Ich werde ihn auch suchen. Und dann bringe ich ihn um.«

53

Florian Hock verabschiedete sich früh von seiner Schwester. Es wurde schon hell, als er sich in seinen Wagen setzte und losfuhr. Sie hatten etwas getrunken, er mehr als sie, nett gegessen und den Streit von vor zwei Jahren schnell begraben. Ihr Freund war auf einer Fortbildung und so hatten sie den ganzen Abend zum Quatschen. Er hatte sie etwas rundlicher in Erinnerung. Sie war eine wirklich attraktive Frau geworden. Er fuhr Richtung Ückendorf, von dort wollte er weiter auf die Autobahn nach Holland, nach Amsterdam, zum Flughafen. Am Ückendorfer Platz hatte es einen Unfall gegeben, an der Kreuzung waren drei Autos zusammengekracht. Sie versperrten zwei Fahrspuren, die Fahrer der Wagen standen daneben, gestikulierten, stritten lautstark, beschimpften sich. Er könnte noch einen Umweg fahren, nach Rotthausen, Zeit war mehr als genug. Angst vor Entdeckung brauchte er nicht haben, der Haftbefehl war außer Vollzug gesetzt, solange sie nicht wussten, wo Jan war, und die Schlüssel hatte er mitgenommen. Sollte er noch nach ihm sehen? Wie es ihm ging, ihn kurz sprechen, ihm Mut machen? Sich selbst beruhigen? Er brauchte nur noch bis heute Abend in seinem Gefängnis bleiben, dann würde er frei sein und ganz anders über diese Sache denken.

Florian steuerte an den beiden zerbeulten Autos vorbei auf die Bochumer Straße Richtung Innenstadt, das war der kürzeste Weg nach Rotthausen. Von der Schonnebecker Straße bog er in die kleine ruhige Gasse ab, in der Jan wohnte. Er stieg sofort auf die Bremse, als er die Blaulichter sah. Zwei Streifenwagen und zwei zivile Wagen standen vor Jans Haus. Verdammte Scheiße, sie hatten ihn entdeckt, hatten Jan befreit! Wie konnte das sein, wie waren sie ihm auf die Spur gekommen? Scheiße, verdammte! Er setzte den Wagen zurück, fuhr wieder Richtung Ückendorf, automatisch, ohne nachzudenken. Jetzt war er in Gefahr, in höchster Gefahr. Er hatte keinen Schutz mehr, sie würden Jagd auf ihn machen. Den Flughafen konnte er vergessen, dort würde er garantiert geschnappt. Einen Plan, er brauchte sofort einen neuen Plan!

Er fuhr zurück zu dem Parkplatz, von dem er gestern Morgen zu seiner Schwester aufgebrochen war, und hielt am Rand, dort, wo er alleine war. Langsam füllte sich der Platz, all die braven Bürger, die einkauften und schwatzten. Was sollte er jetzt machen? Wo konnte er hin? Flughäfen schieden aus, zu unsicher. Ein Hafen? Ja, natürlich, ein Fährhafen! Er würde versuchen, von Holland mit einer Fähre nach England zu kommen. Vielleicht schaffte er es von dort nach Belize oder auch woanders hin, egal. Aber wie? Sein Auto musste er loswerden, es war zu gefährlich, jetzt, wo sie Jan hatten. Einen Mietwagen nehmen? Die verlangten einen Ausweis, und damit hinterließ er Spuren. *Ruhig, Junge, ruhig, deine Nerven!* Er stieg aus, öffnete den Kofferraum und nahm eine der Talisker-Flaschen aus seiner Reisetasche. Nach dem ersten großen Schluck schloss er die Augen und genoss die Entspannung und Ruhe, die ihm der alte Schotte schenkte. Nein, ein Mietwagen kam nicht in Frage. Ein Auto stehlen? Auch zu gefährlich, außerdem wusste er gar nicht, wie er das hätte machen sollen. Ein Taxi! Natürlich, ein Taxi! Und zwar nicht irgendeines, das von dem dicken Kobalewski! Der würde ihn nach Holland bringen! Eine großartige Idee. Er nahm noch einen Schluck, bevor er die Flasche wieder in seiner Tasche verstaute und fuhr los. Er wusste von Jan, dass dieser Kobalewski mit seinem Wagen häufig an dem Taxiplatz an der Bochumer Straße, am Ückendorfer Platz, stand, nur einen Steinwurf entfernt. Dort würde er auf ihn warten. Er fuhr los und parkte auf dem Streifen hinter dem kleinen Taxistand. Er brauchte nicht lange warten, bis sein Ziel von hinten heranrauschte und auf den Platz fuhr. Kaum hatte er den Motor ausgemacht, stieg Florian Hock aus, schloss seinen Passat ab und öffnete die Beifahrertür des Taxis. Wortlos nahm er Platz.

»Wo soll's denn hingehen, Meister, auch zum Marienhospital?« Manni hasste diese kurzen Fahrten. »Heh, bist du nicht der PR-Typ von Teslen, dieses Arschloch, der den Jan ...«

»Schnauze, Dicker.« Hock drehte sich zu Manni um. »Mach den Funk aus und gib mir dein Handy, sofort!«

Er hielt ihm auffordernd die Hand hin, Manni zog sein Smartphone aus der Hemdtasche, gab es ihm und drückte den Knopf am Funkgerät. Die Anzeigen erloschen, die quäkende Stimme aus dem Gerät verstummte.

»Ja, ich bin das Arschloch, und so lange Jan in meiner Gewalt ist, wirst du tun, was ich sage. Wir machen einen kleinen Ausflug, ich muss nach Holland. Also, ab auf die Auto- bahn!«

Als Manni den Motor startete, war Hock klar, dass er noch nichts von Jans Befreiung wusste. Das war die einzige Waffe, die er brauchte. Er schaltete Mannis Handy aus.

»Ich will nach Hoek van Holland, also schalt dein Navi ein.«

»Brauche ich nicht«, entgegnete Manni trotzig, »ist bei Rotterdam, komme ich auch ohne Navi hin. Was ist mit Jan, was hast du Arsch mit ihm gemacht?«

»Der ist in Sicherheit, und solange du tust, was ich möchte, ist alles in Ordnung. Es hängt von dir ab, wann er wieder freikommt, verstanden?«

Manni nickte. In Wattenscheid fuhr er auf die A40 Richtung Essen. Auto reihte sich an Auto, die Blechlawine bewegte sich langsam in Richtung der Ruhr-Metropole.

»Warum?«

»Wie, warum?« Hock wunderte sich über die Frage.

»Warum hast du die Menschen umbringen lassen? Die haben dir doch nichts getan, verdammt, wäre das nicht anders gegangen?«

»Diese Idioten«, schnaubte Hock verächtlich. »Unterschreiben erst Verträge und wollen sie dann brechen, an die Öffentlichkeit gehen, unser Geheimnis verraten! Oder wie dieser dumme Ingenieur vom Ruhr Verein, der seine Vorgesetzten informieren wollte. Aber nicht mit uns, nicht mit uns! Sie haben uns in Gefahr gebracht, unsere Ziele, unsere Vision! Und jetzt halt die Schnauze und fahr weiter!«

»Dich haben sie in Gefahr gebracht, keinen anderen. Du bist für die ganze Scheiße, für die Toten, verantwortlich, keiner sonst!«

»Da irrst du dich gewaltig, Fettsack«, zischte ihn Hock an. »Es war unsere gemeinsame Vision, unser gemeinsamer Plan, Thorstens und meiner. Wir haben dieses Ziel erschaffen, wir sind diesen Weg gegangen, gemeinsam. Ich und Thorsten, wir waren eins, verstehst du?«, schrie er.

Manni grinste, während er in den zweiten Gang schaltete. »Ja, ich verstehe. Er ist in Kalifornien und du auf der Flucht, du blödes Arschloch. Der hat dich verarscht, du Penner, du löffelst die Suppe aus und er lässt es sich gut gehen. Mann, du bist so unglaublich dumm.«

»Halt die Fresse, halt endlich deine Fresse!« Hock atmete schwer. Thorsten hatte ihm nichts eingebrockt, nein, Thorsten hatte ihn gemocht, mit ihm geplant, ihm vertraut, ihn geliebt, das war sicher. Thorsten war nur vorausgegangen, er, Florian, würde bald nachkommen, nach Kalifornien, wo sie leben würden. Er musste nur aus diesem verschissenen Deutschland raus, schnell, ohne dass ihn die Bullen erwischen würden. Verdammt, er hatte Lust, diesen dämlichen Kobalewski loszuwerden, er ging ihm auf die Nerven. Zum ersten Mal spürte er die Lust, selbst jemanden umbringen zu wollen. Hock atmete schwer, seine Gedanken und Gefühle rasten, er musste sich beruhigen, dringend.

»An der nächsten Raststätte fährst du raus, ist das klar?« Manni nickte. »Musst du pissen?«

»Das geht dich einen Scheißdreck an, verdammt, fahr einfach raus«, brüllte Hock.

»Das dauert noch. Viel Spaß«, grinste Manni und nahm den Fuß vom Gas. Bis zur Raststätte Neufelder Heide dauerte es noch, mindestens vierzig Minuten, sie lag kurz vor der holländischen Grenze. Sie waren jetzt in Mülheim, die Strecke war wieder frei. Und er hatte es nicht eilig, seinen betagten 124er Benz dorthin zu prügeln. Aber er sah die Anspannung von Hock, wie er sich in den Sitz quetschte, wie seine Augen hin und her zuckten, den Schweiß auf seiner Stirn und auf der Oberlippe. Der Mann stand unter Druck, ganz gewaltig, Stress. Er fuhr noch ein wenig langsamer, so, dass Hock es nicht merkte.

»Hunger?«, fragte er scheinheilig.

»Halt ´s Maul und fahr den nächsten Parkplatz an, kapiert?«

Manni nickte.

Nach zwei Kilometern setzte er den Blinker und fuhr raus. Hock nahm den Zündschlüssel, flüchtete aus dem Wagen, rannte zu einem Gebüsch und pinkelte hinein. Die Familie, die mit zwei kleinen Kindern daneben frühstückte, beachtete er nicht. Dann lief er zurück zum Taxi und öffnete den Kofferraum. Seine Reisetasche. Verdammt noch mal, er hatte seine Reisetasche in seinem Auto am Ückendorfer Platz vergessen, alles, was er mitnehmen wollte. Und seinen Whisky.

»Dreck, verfluchter«, ärgerte er sich über seine Nachlässigkeit und stieg wieder in das Auto. Er brauchte etwas zu trinken, musste seine Nerven beruhigen.

»Es bleibt dabei, du fährst die nächste Raststätte an, verstanden?«

Manni nickte, das Grinsen verkniff er sich. Er konnte Jan nicht helfen, aber er konnte diesem Arsch das Leben etwas schwerer machen, und das würde er tun, mit größtem Vergnügen.

54

»Wieso hat dieser Idiot sein Handy nicht an?« Wütend warf Robert das Smartphone auf sein schwarzes Sofa. »Zuhause ist er auch nicht.« Müde ließ er sich nieder, stützte seinen Kopf in seine Hände. »Was machen wir jetzt? Es fühlt sich alles so anders an, so ... so merkwürdig. Ich weiß es auch nicht.«

»Wir werden noch einige Zeit brauchen, um es zu verstehen, um zu trauern.« Sylvia setzte sich zu ihm, legte ihre Hand auf sein Knie. »Auch wenn es uns schwerfällt, wir müssen uns jetzt um seine Beerdigung kümmern. Oder weißt du von Angehörigen, die das machen sollten?«

Stumm schüttelte Robert den Kopf.

»Dann suche ich nach einem Institut, das sich um alles kümmert. Und du versuchst weiter, Manni zu erreichen.«

»Ich will nicht, dass er es zufällig erfährt. Und jetzt hole ich den Schlüssel fürs ›Achter Deck‹, ich muss noch einen Aushang machen, das es vorerst geschlossen bleibt.«

»Mach das, Robert, es ist wichtig, dass wir uns jetzt beschäftigen.«

Er nahm seine Jacke und fuhr zuerst zu Jan. Den Keller durfte er nicht betreten, er war Tatort. Und er wollte es auch nicht, musste nicht sehen, wo sein Freund gestorben war. Er nahm den Schlüssel aus dem kleinen Kasten, der an der Wand hing, und machte sich wieder auf den Weg.

Es war ein merkwürdiges Gefühl, das »Achter Deck« aufzuschließen. Er war noch nie ohne Jan hier gewesen. Vorsichtig, als könne er etwas zerstören, ging er hinter den geschwungenen Tresen. Er streichelte über das schimmernde Metall, blickte hinüber zu dem kleinen Bistrotisch, an dem er mit Jan gesessen hatte, bei seinem ersten Besuch der Bar. Fast drei Jahre war es her. Er recherchierte in seinem ersten großen Fall. Was würde aus dem »Achter Deck« werden, ohne Jan? Er konnte es sich nicht vorstellen, dass sein Freund nie wieder hier stehen würde, in seiner Bar, die mehr sein Zuhause als Arbeitsplatz gewesen war. Er riss sich los, aus seinen Gedanken, ging in das kleine Büro, nahm sich ein Blatt Papier aus dem Drucker und schrieb mit einem dicken schwarzen Filzstift »Wegen Trauerfall geschlossen« darauf. Dann klebte er den Zettel an die Scheibe der Eingangstür, zog sie zu und schloss ab. Wer wusste, wann sie wieder geöffnet werden würde. Und von wem.

55

»Da, endlich!«Hastig zeigte Hock auf das Schild, das eine Raststätte nach einem Kilometer versprach. Manni war klar, warum er so unruhig, so zittrig war: Der brauchte Stoff. Jan hatte ja von Hocks Alkoholproblem erzählt, dass es so ausgeprägt war, hätte er nicht gedacht. Seine Sucht würde ihm eine Chance bieten, bestimmt. Er parkte sein Taxi nicht weit von der Raststätte.

»Du kommst mit«, befahl Hock, als er ausstieg.

»Sowieso.«Manni folgte ihm. Er musste grinsen, als sie

eintraten. Offenbar waren kurz vor ihnen mehrere Reisebusse mit Senioren angekommen. Sie stellten sich hinten an und Manni hörte Hock fluchen. Es würde dauern, bis der an seinen Schnaps kam.

»Anstehen kannst du alleine, ich muss pissen.«

»Du bleibst hier, verdammt.«

Zufrieden sah Manni, dass er dabei nicht ihn ansah, sondern nur die Verkaufstheke im Blick hatte. Es ging nur langsam voran, auch wenn die drei Frauen hinter der Theke sehr flink arbeiteten. Aber es dauerte, bis die alten Leutchen ausgesucht und bestellt hatten.

»Nenn mir einen Grund, warum ich abhauen sollte, solange Jan in deiner Gewalt ist«, stellte er kühl fest. »Im Gegenteil, mir ist sehr daran gelegen, dass du gesund ankommst, ist doch logisch, oder?«

Abwesend nickte Hock, bevor er Manni mit »Aber mach schnell!« die Erlaubnis gab, zur Toilette zu gehen.

Der drehte sich um, verließ das Gebäude und rannte, so schnell er konnte. Die Toiletten waren am anderen Ende des Gebäudes. Ein Handy, er brauchte schnell ein Handy! Er lief auf einen jungen langhaarigen Mann zu, der scheinbar auf jemanden wartete.

»Heh, ich brauch mal dein Handy, ist dringend.«Der Typ schüttelte nur mit dem Kopf.»Verdammt, es ist wichtig, verflucht wichtig«, herrschte ihn Manni an. »Ich habe keins und jetzt gib das Dingen her!« Er hielt ihm die ausgestreckte Hand hin, die deutliche Ansprache schien zu wirken. Unsicher griff der Mann in seine Jackentasche und zog ein altes Tastenhandy heraus. Der Kerl war ihm sympathisch. Hektisch wählte er Roberts Handynummer. Manni kannte sie auswendig, so wie er alle Telefonnummern von Leuten kannte, die ihm wichtig waren.

»Robert? Manni hier. Ich hab jetzt keine Zeit für Erklärungen, ich bin mit meinem Taxi unterwegs und bringe Florian Hock nach ... Was? Er ist frei? Der Haftbefehl wieder gültig? Robert, was ist? Du klingst so komisch, alles in Ordnung?« Lachend drückte er das Gespräch weg und gab dem verdutzt guckenden Mann das Handy zurück. »Danke, Mann, war nett von dir.«

Er ging nicht wieder rein, jetzt würde er sich dieses Arschloch schnappen und nach Gelsenkirchen bringen, gefesselt, in seinem Kofferraum. Der sollte es nicht bequem haben, der sollte leiden, so wie Jan.

Wenige Minuten später kam Hock auf ihn zu, zwei Flaschen Whisky in seinen Händen, eine war bereits angebrochen. Beide Flaschen zerplatzten auf dem Asphalt, als Mannis Faust in sein Gesicht krachte.

56

»Gut, dass du es mir nicht gesagt hast. Ich glaube, ich hätte das Schwein umgebracht.«

Robert nickte. »Das habe ich mir gedacht und ich habe mit mir gerungen, sage ich es dir oder nicht«, gab Robert zu. »Aber dann dachte ich, die Drecksau hat genug Menschen auf dem Gewissen. Wenn du Jan gerächt hättest, wärst du der Nächste gewesen, und das ist er nicht wert.« Er zog die Jacke seines schwarzen Anzuges aus und hängte sie über die Stuhllehne. »Kaffee?«

Sylvia, Manni und Kommissar Hollunder nickten. Robert ging in die Küche des »Achter Deck« und setzte eine Kanne auf. Als er zurückkam, saßen seine Freunde schweigend am Tisch und starrten vor sich hin, in Gedanken und Erinnerungen an Jan versunken.

»Fehlt bloß noch der Streuselkuchen«, versuchte Manni einen Scherz.

Sylvia nickte. »Aber Beerdigungen sind wichtig, schwer zu ertragen und wichtig, zum Abschiednehmen, zum Trauern. Jan hätte es nicht gewollt, wenn seine Asche irgendwo verstreut worden wäre, da bin ich sicher. So, wie wir uns auch für eine Einäscherung entschieden haben. Wir können ihn besuchen und haben einen Ort für unsere Trauer.«

»Wir haben nie über unseren Tod gesprochen«, flüsterte Robert. »Warum auch, der war doch noch so weit weg.«

»Wenn ein Freund plötzlich stirbt, ist das für Angehörige und Freunde immer schrecklich und manchmal kaum zu ertragen« bestätigte Hollunder. »Und bei meiner Arbeit ist es immer der schwerste Moment, diese Nachricht zu überbringen.« Alle nickten stumm. »Übrigens habe ich noch eine Nachricht von meinen amerikanischen Kollegen. Warum auch immer, aber Thorsten Schmidt wurde von seinem Arbeitgeber vor die Tür gesetzt, entlassen. Nur einen Tag später ist er bei einem Unfall ums Leben gekommen, beim Bergsteigen abgestürzt.«

Überrascht schaute Robert Manni an, der seinen Blick nicht erwiderte.

»Was werden Sie jetzt machen?«, fragte Hollunder in die Runde.

»Ich bin in den nächsten Tagen mit meinem Umzug gut beschäftigt«, seufzte Manni, »und nachts Taxi fahren. Eben weitermachen wie bisher.«

»Wir werden noch heute nach Iserlohn fahren, es wartet viel Arbeit. Mein Geschäft habe ich an einen Geschäftsführer übergeben«, berichtete Sylvia dem Kommissar. »Wir werden unsere Detektei jetzt gemeinsam betreiben.«

»Dann wünsche ich Ihnen viel Erfolg«, lächelte Hollunder.

»Das ›Achter Deck‹ wird Sven, die bisherige Aushilfe von Jan, übernehmen. Immerhin«, war Robert erleichtert, »es wird weiter bestehen. Und du«, wies er mit einem Lächeln auf Manni, »hast ihm ja deutlich klargemacht, dass ein Foto von Jan an die Wand kommt, für immer.«

Sylvias Handy vibrierte. Sie stand auf und ging ein paar Schritte vom Tisch weg.

»Behnke hier ... Ja, selbstverständlich. Morgen um zehn wäre prima, danke und einen schönen Tag noch.« Sie ging zurück. Hollunder, Robert und Manni sahen sie neugierig an. Auch wenn sie gerade erst Jan unter die Erde gebracht hatten, konnte sie sich ein Lächeln nicht verkneifen.

»Das war Werner Isenbart, ein reicher und einflussreicher Mann in Iserlohn. Er hat uns engagiert, Robert, seine Tochter ist verschwunden. Ein Mörder geht um in Iserlohn.«

Ende